BIENVENUE AU PARADIS

Dès l'âge de 16 ans, Bernard Werber écrit des nouvelles, des scénarios, des pièces de théâtre. Après des études de criminologie et de journalisme, il devient journaliste scientifique. À 30 ans, il rencontre un énorme succès avec son premier roman, *Les Fourmis*. Bernard Werber propose un nouveau genre littéraire qu'il nomme « philosophie fiction », mélange de science-fiction, de philosophie et de spiritualité. À travers différents regards exotiques, extérieurs, celui des animaux, mais aussi des arbres, des divinités antiques ou de potentiels extraterrestres, il tente de comprendre la place de l'homme dans l'univers.

Paru dans Le Livre de Poche :

L'ARBRE DES POSSIBLES
LES FOURMIS
1. Les Fourmis
2. Le Jour des fourmis
3. La Révolution des fourmis
LE LIVRE DU VOYAGE
LE LIVRE SECRET DES FOURMIS
LE MIROIR DE CASSANDRE
NOS AMIS LES HUMAINS
NOS AMIS LES TERRIENS
NOUVELLE ENCYCLOPÉDIE DU SAVOIR RELATIF ET ABSOLU
LE PAPILLON DES ÉTOILES
PARADIS SUR MESURE
Pentalogie du ciel :
CYCLE DES ANGES
1. Les Thanatonautes
2. L'Empire des anges
CYCLE DES DIEUX
1. Nous, les dieux
2. Le Souffle des dieux
3. Le Mystère des dieux

LE PÈRE DE NOS PÈRES
LE RIRE DU CYCLOPE
LA TRILOGIE DES FOURMIS
TROISIÈME HUMANITÉ
L'ULTIME SECRET

BERNARD WERBER

Bienvenue au Paradis

ALBIN MICHEL

ISBN : 978-2-253-08718-2 – 1re publication LGF

Personnages

Anatole Pichon, *prévenu.*
Caroline, *avocate de la défense.*
Bertrand, *procureur.*
Gabrielle, *présidente du tribunal céleste.*

Décor

La scène est divisée en trois zones séparées par deux rideaux. À gauche, trois bureaux en biais, celui du milieu étant plus élevé. En arrière-plan, des tentures rouges et une statue d'archange tenant une balance avec d'un côté un cœur et de l'autre une plume. Au milieu, un fond noir et un écran blanc de cinéma. En avant, un barreau de justice. En arrière, un plongeoir de piscine. À droite, un fond avec un motif de nuages en trompe-l'œil.

ACTE I

Arrivée au Paradis

Prologue

CHIRURGIEN, CHIRURGIENNE, INFIRMIÈRE, ANATOLE PICHON

Écran noir.

ANATOLE

Arrggghhh !!!

L'écran central s'éclaire. Vue de haut. On y distingue Anatole amené au bloc où on l'anesthésie et on l'opère très vite. Toutes les manipulations se font dans l'urgence. La caméra approche lentement. Les chirurgiens s'activent. L'un coupe, l'autre aide tandis qu'une infirmière leur tend des instruments. Bruits d'objets métalliques tombant dans une cuvette.

CHIRURGIEN *(excité)*

Infirmière, vite, passez-moi une pince et un bistouri !

Bruit de bip de l'électrocardiogramme.

CHIRURGIENNE

M'étonnerait que ça marche. Je te l'ai dit, c'est pas comme ça qu'il fallait faire. T'aurais dû d'abord coudre la suture. Là ça va gicler. *(Bruit de tuyau qui gicle.)* Tiens, je te l'avais dit !

CHIRURGIEN

Autre pince. Encore une pince. Et puis épongez-moi tout ça. Infirmière ! *(Bruit de gargouillis.)* Vous voyez bien que ça bouillonne. Épongez. Et puis épongez-moi aussi le front, ça coule dedans. Ah, on dirait le dernier cassoulet de dimanche, ça me dégoûte. Bon, je vais faire ça.

Le bruit du bip ralentit.

CHIRURGIENNE

Ça marchera pas. Ça peut pas marcher. Là t'as tout fichu en l'air.

CHIRURGIEN

Ta gueule, Monique, ta gueule !

CHIRURGIENNE

OK, on verra bien. Moi je t'ai averti, Georges, t'aurais d'abord dû faire l'incision ici. Là ça pisse de partout. Ton « cancer du poumon », il est en train de filer.

CHIRURGIEN

TA GUEULE, MONIQUE, TA GUEULE !

L'infirmière court. Le chirurgien regarde sa montre. Puis il enlève ses gants.

CHIRURGIEN *(se calmant soudain)*

Bon ! Je sens que tout le monde est contre moi et je ne suis pas « inspiré ». C'est un jour sans.

CHIRURGIENNE

C'est vrai, je ne te perçois pas en grande forme aujourd'hui.

CHIRURGIEN

De toute façon j'ai fait mes trente-cinq heures, alors là depuis cinq minutes j'empiète sur mon temps de vacances. Si tu veux t'acharner sur ce « cancer du poumon », libre à toi, Monique. Libre à toi !

CHIRURGIENNE

Qu'est-ce que t'as ?

Le chirurgien enlève son masque et soupire.

CHIRURGIEN

Tout va bien. Il y a que j'ai Françoise qui m'attend avec les valises pour aller à Courchevel. Elle doit être devant la porte, furax. Et si je suis en retard ça va être un cauchemar.

La chirurgienne enlève aussi son masque.

CHIRURGIENNE

Tu pars à Courchevel en plein mois d'août ?

CHIRURGIEN

C'est surtout pour jouer au golf. Tu connais Françoise, elle adore le golf. À Courchevel on a trouvé un parcours extraordinaire. En été c'est génial. Il n'y a personne.

CHIRURGIENNE

Quel handicap ?

CHIRURGIEN

24. Pourquoi, tu joues ?

CHIRURGIENNE

Je joue, je joue… Disons que je me défends.

CHIRURGIEN

Quel handicap ?

CHIRURGIENNE

4.

CHIRURGIEN

4 quoi ?

CHIRURGIENNE

4 de handicap.

CHIRURGIEN

Attends, tu es en train de m'expliquer que tu joues à 4 de handicap et que tu ne m'en as jamais parlé ?!

Soudain un bip redémarre. Bip. Bip.

CHIRURGIENNE

Tiens, voilà le « cancer du poumon » qui revient. Ah, il a la couenne épaisse. On peut peut-être le tirer de là ce…

Elle cherche le nom.

INFIRMIÈRE *(lisant sa feuille)*

Pichon. Anatole Pichon.

Ils hésitent puis le chirurgien pousse un soupir et fait un signe. Ils administrent encore des décharges au patient, puis s'arrêtent. La machine émet un bip. Ils se précipitent mais le bip, après plusieurs sons aléatoires, devient très espacé.

CHIRURGIENNE

Pauvre Anatole Pichon. Mais quelle idée de se faire opérer un 15 août, en plein milieu des vacances…

CHIRURGIEN

De toute façon, avec un cancer du poumon, faut pas s'attendre à des miracles. Il n'avait qu'à pas fumer, ce con.

Le bip est de plus en plus espacé. L'un des deux prend le pouls d'Anatole.

CHIRURGIENNE

Attends, Georges. Regarde. Il a un pouls lent mais il y a quand même quelque chose. Moi je crois qu'on peut le sauver.

CHIRURGIEN

Non. Il ne m'inspire plus.

CHIRURGIENNE

T'es dur.

CHIRURGIEN

Infirmière, mettez ce type au frigo.

CHIRURGIENNE

Tu crois pas qu'on pourrait…

CHIRURGIEN

Tu ne veux tout de même pas qu'on tente une sortie de coma après mon retour de Courchevel ?

CHIRURGIENNE

Pourquoi pas ?

CHIRURGIEN

Ah… pfff. OK, fais-en ce que tu veux. Bon sang, infirmière, vous avez mis où mon caddy ? Infirmière !

Il s'en va. La chirurgienne reste seule et se penche vers Anatole.

CHIRURGIENNE

À cette seconde pile je me demande où est ton âme…

Fondu lumière.

Scène 1

ANATOLE, CAROLINE

La scène de droite s'éclaire. Le sol est recouvert de vapeurs issues de fumigènes.

ANATOLE *(agonisant)*

Aaaaahhh !!!!!

Un temps.

ANATOLE *(surpris)*

Ahhh ?

Un temps.

ANATOLE *(soulagé puis joyeux)*

Ahhh ! Ah ! Ah ! *(Il éclate de rire.)* Ah ! Ah ! Ah… Ça a réussi. Je suis vivant ! Vivant ! Ça a marché !

Une femme, Caroline, pousse un lit d'hôpital avec des tiges qui supportent des rideaux comme un baldaquin. Elle tire les rideaux et on voit un homme en pyjama, Anatole, 60 ans, assis, joyeux, en train de se palper. Elle ramasse sous le lit un gros dossier.

ANATOLE

Ouf ! J'ai eu si peur que cela rate !

CAROLINE

Tout va bien, monsieur Pichon, tout va bien. Détendez-vous.

ANATOLE

Ouf ! Déjà d'être là ça me rassure énormément. J'ai eu si peur que l'opération se passe mal. J'aurais pu… mourir !

CAROLINE

Vous voyez, tout va bien. Vos problèmes sont terminés, monsieur Pichon.

ANATOLE

C'est vrai. J'ai même l'impression que je vais vraiment très bien.

CAROLINE

Ça fait toujours ça.

ANATOLE

Plus de perf, plus de respirateur artificiel, plus de sonde ? Incroyable !

CAROLINE

Ravie que cela vous convienne.

ANATOLE

Il est où le professeur Adjemian ?

CAROLINE

Il est occupé mais ne vous inquiétez pas, monsieur Pichon, il pense à vous.

ANATOLE

Mais je ne vous ai jamais vue, vous, vous êtes nouvelle ?

CAROLINE

Ce n'est pas moi qui suis nouvelle, c'est vous qui êtes dans un « nouveau » service.

ANATOLE

Toujours dans le service de cancérologie du professeur Adjemian ?

CAROLINE

Disons que c'est un service « annexe ».

ANATOLE

Un service parallèle ?

CAROLINE

Disons plutôt un « prolongement ».

Derrière les rideaux Anatole entrevoit l'écran.

ANATOLE

Et c'est quoi ça là-bas ? La télévision ?

CAROLINE

Oui, on a un grand écran pour passer des films.

Il s'assoit sur le bord du lit, fait des mouvements de cou, étend les bras et se palpe le corps.

ANATOLE

Écoutez, je vais vous surprendre mais je me sens vraiment très très très bien. Quand je pense que le professeur Adjemian hésitait à pratiquer cette opération de la dernière chance ! Je me rappelle, il m'a dit : « L'ablation du poumon droit c'est comme la roulette russe : une chance sur six que ça marche. Ça peut dépendre de facteurs tellement minimes que même la météo ou l'horoscope peuvent avoir une influence. »

CAROLINE

Et c'était quoi votre horoscope du jour ?

ANATOLE

Rien à voir. « Préparez-vous à un long voyage plein de surprises. » En tout cas rien de mauvais.

CAROLINE

Vous êtes verni, monsieur Pichon.

ANATOLE

Même mes amis qui s'y connaissaient un peu me disaient que c'était une opération à haut risque. Je me rappelle, il y en a même un qui m'a dit : « Dans ton cas opérer c'est juste de l'acharnement. Désolé, t'es foutu. »

CAROLINE

Il ne se rendait pas compte de votre solidité.

ANATOLE

Ah, s'ils me voyaient maintenant, ces imbéciles !

Elle a un geste et se tourne vers le milieu, inquiète de voir l'écran.

CAROLINE *(faussement compatissante)*

Ah, ils seraient bien surpris.

ANATOLE *(enthousiaste)*

Et puis là, bingo, réussite totale. Écoutez, je ne mens pas, je vais même vous dire : j'ai l'impression que je respire mieux avec un seul poumon qu'avec deux.

CAROLINE

Profitez-en bien, monsieur Pichon.

Il inspire amplement.

ANATOLE

Et puis je me sens une de ces pêches ! J'irais bien me promener, prendre un peu l'air, pourquoi pas courir un peu.

CAROLINE

Peut-être pas, non. Pas tout de suite.

ANATOLE *(le regard au loin)*

Waw, attendez, attendez, ça me revient ! Waw, vous savez, l'anesthésie, eh bien je vais vous dire… j'aime !

CAROLINE

C'était votre première anesthésie peut-être, monsieur Pichon ?

ANATOLE

Oui, mais j'aime. Vous voyez, je ne me suis jamais drogué et maintenant, après cette anesthésie, je me demande si je n'ai pas raté une expérience de la vie vraiment cool.

CAROLINE

Heu non, entre nous, non, non, non, monsieur Pichon, la drogue c'est pas « cool ». Je vous le garantis.

ANATOLE

Je ne sais pas si c'est la morphine ou quoi, mais cette anesthésie m'a fait faire un rêve extraordinaire. Fabuleux. Merveilleux. Le grand voyage sidéral. Au début il y avait juste un tunnel dans le ciel.

Caroline hoche la tête en connaisseuse.

CAROLINE

Avec une lumière au fond ?

ANATOLE

Exactement. Comme une clarté qui m'attirait. Et moi je volais dans l'espace comme un oiseau et il y avait autour de moi des…

CAROLINE

Des êtres transparents ?

ANATOLE

Voilà, c'est ça. Et puis après, tous ensemble, nous sommes arrivés au centre de la galaxie où il y avait un vortex gigantesque.

CAROLINE

De couleur bleue avec comme une dentelle de poudre d'étoile ?

ANATOLE

Oui. Bleu. Et après nous sommes tous rentrés dedans en volant. Et nous avons avancé vers la lumière.

CAROLINE

Jusqu'à une plaine blanche avec une montagne d'où coulait un fleuve rempli d'une foule de gens qui marchaient lentement ?

ANATOLE

Oui, c'est tout à fait ça. Mais comment le savez-vous ?

CAROLINE

C'est récurrent dans les cas comme le vôtre. Surtout pour les ablations… du poumon… droit.

ANATOLE

Ah bon ? Un effet secondaire de l'anesthésiant ?

CAROLINE

On peut dire ça comme ça.

ANATOLE

C'était fabuleux. Dans la foule j'ai reconnu plein de célébrités.

CAROLINE

C'est un endroit très tendance.

ANATOLE

Vous n'allez pas me croire, j'ai vu *(essayant de ne pas se tromper sur les noms)* Marilyn Monroe, John Lennon, Jimi Hendrix, Einstein. Tout le monde discutait avec tout le monde. Mais j'ai pas écouté, j'ai préféré doubler la file.

CAROLINE

Après vous êtes arrivé dans un labyrinthe blanc, non ?

ANATOLE

Exactement. Blanc, immense, avec plein de couloirs et des portes. Des centaines de portes. Et je me suis arrêté à une porte où il y avait un chiffre. *(Il cherche.)* Je ne me rappelle plus lequel.

Caroline relève le dossier et on voit inscrit le nombre 103-683.

CAROLINE

103-683 ?

ANATOLE *(surpris)*

Oui, peut-être. Mais comment vous savez ?

CAROLINE

Simple hasard.

Anatole la regarde, méfiant, puis se reprend.

ANATOLE

J'ai poussé la porte et j'ai vu un lit à baldaquin un peu comme celui-ci, et puis j'ai senti une fatigue m'envahir et puis je me suis allongé et puis voilà. Réveil en super-forme. Bon, quand est-ce que je sors ?

CAROLINE

Il y a encore quelques formalités à remplir, monsieur Pichon.

ANATOLE

Vous avez déjà ma carte vitale et mon numéro de mutuelle, vous m'enverrez tout par courrier.

CAROLINE

C'est quoi votre mutuelle, justement ?

ANATOLE

La Prévoyance. Ce sont les seuls qui font les dents de sagesse et les bridges en or blanc, même si on est inscrit depuis moins d'un an. Et puis ils remboursent aussi l'homéopathie, l'acupuncture et les implants capillaires. Pratique, non ? *(Se penchant.)* En plus je suis tombé sur un assureur nul, il s'est trompé de tarif. Il m'a fait la top assurance au prix de l'entrée de gamme.

CAROLINE

Je vois. Avec une assurance comme ça, on n'a plus rien à craindre de la vie.

Anatole regarde autour de lui.

ANATOLE

C'est joli cette tapisserie.

CAROLINE

Ça plaît toujours. Les nuages, c'est classique mais relaxant.

ANATOLE

Je vous dirais que je préfère être là. Dans l'autre service nous étions quatre par chambre. Le vieux ronflait. La vieille parlait fort au téléphone. Le gosse jouait à un jeu vidéo jusqu'à deux heures du matin. C'était… l'Enfer !

CAROLINE *(grimaçant)*

Monsieur Pichon !

ANATOLE

Non mais c'est vrai, ça sert à quoi de payer des impôts si c'est pour se retrouver emmerdé pendant qu'on agonise à l'hôpital. Je suis sûr que c'est grâce à ma mutuelle que j'ai pu avoir cette *(regardant le décor)* superbe chambre individuelle.

CAROLINE

Probable, monsieur Pichon. Probable.

Il fouille derrière son coussin et sous son matelas, regarde Caroline, hésite puis se lance.

ANATOLE

Vous savez ce qui me ferait vraiment plaisir, là tout de suite ?

Il la regarde langoureusement.

CAROLINE

Heu… non.

ANATOLE

Mmhhh… c'est chaud, c'est doux, ça fait frissonner, ça fait soupirer, ça se pratique avec la bouche, c'est réprouvé par la morale…

CAROLINE *(n'osant comprendre)*

Monsieur Pichon !

ANATOLE

Quoi ?… Une cigarette !

CAROLINE

Ah. Ici, c'est non fumeur. Et puis je crois savoir que la cigarette ne vous a pas trop réussi ces dernières années.

ANATOLE

Ce sont les anti-fumeurs qui m'ont filé le cancer à force de me culpabiliser. Quand je pense qu'ils ont failli m'avoir, ces salopards !

CAROLINE

Vos trois paquets par jour pendant quarante ans ne doivent pas être étrangers à votre état.

ANATOLE

Vous plaisantez ! Je ne fumais que des mentholées avec double filtre.

CAROLINE

Les pires, monsieur Pichon, les pires. Vous avez pompé deux fois plus pour avoir la même dose de nicotine.

ANATOLE

C'est ça qui m'embête toujours avec les hôpitaux publics. Le personnel se sent obligé de faire la leçon. On est infantilisé. En pyjama, au lit, à manger de la bouillie, à se faire torcher, talquer, langer, on finit par redevenir des…

CAROLINE

C'est vous-même qui vous êtes mis en situation d'être là, monsieur Pichon.

ANATOLE

Et gnagnagni et gnagnagna. Écoutez, mademoiselle, vous pourriez être ma fille, et j'ai passé l'âge qu'on me dise ce que j'ai à faire. Il est où le professeur Adjemian ?

Elle le force à se rallonger et lui remet la couverture.

CAROLINE

Reposez-vous, monsieur Pichon. On va venir vous chercher. Ne vous inquiétez pas, on va s'occuper de vous. On va même complètement s'intéresser à vous. *(Puis, énigmatique.)* Jamais on ne se sera autant intéressé à vous.

Elle ferme les rideaux de son lit à baldaquin. Et elle pousse un soupir agacé.

Scène 2

CAROLINE, BERTRAND

Caroline lit le dossier et semble préoccupée. Elle pousse le rideau qui sépare la zone droite de la zone du milieu. La scène du milieu s'éclaire. Bertrand, 50 ans, toge noire, vient du côté gauche, poussant le rideau lui aussi. Si bien que les deux se découvrent d'un coup.

CAROLINE *(étonnée)*

Bertrand !

BERTRAND *(sarcastique)*

Caroline !

CAROLINE

Qu'est-ce que tu fous là ?

BERTRAND

Ben et toi ?

CAROLINE

C'est du harcèlement. Cela ne t'a pas suffi après tout ce qui s'est passé ?

BERTRAND

Attends, je ne suis pas responsable.

CAROLINE

Alors ça c'est la meilleure ! Je vois que tu n'as pas changé, c'est jamais toi !

BERTRAND

Ce n'est ni l'endroit ni le moment de ressortir ces vieilles affaires.

CAROLINE

C'est ça, débine-toi. Ça résume toute l'histoire de ta vie, ça.

BERTRAND

Bon écoute, tu ne vas pas recommencer. Pas ici. Pas maintenant.

CAROLINE

Ne me dis pas que c'est toi qui es sur l'affaire 103-683 !

BERTRAND

Pichon ?

CAROLINE

Pas possible ! Ne me dis pas que tu fais l'accusation !

BERTRAND

Parfaitement, et je déduis donc que toi tu fais la défense. Je ne vois pas où est le problème.

CAROLINE

Tu ne vois pas où est le problème ?! Et l'objectivité ?

BERTRAND

J'ai toujours agi honnêtement en respectant un code d'honneur.

CAROLINE

Tu parles. On voit le résultat.

BERTRAND

Passe-moi ce dossier.

CAROLINE

Tu as déjà le tien.

BERTRAND

Justement, ils ont merdé là-haut, ils m'ont donné un mauvais dossier.

Il va pour s'emparer du sien. Elle refuse, elle lève le dossier, il essaie de l'attraper. Il fait semblant de vouloir le prendre à droite et au dernier moment le lui arrache et affiche un air satisfait.

CAROLINE

Rends-moi ça.

Il lui tourne le dos et lit. Puis il commence à rire, et rit de plus en plus. Finalement elle reprend le dossier.

CAROLINE

Qu'est-ce qu'il y a ? Qu'est-ce qui te fait rire ?

BERTRAND

J'aimerais pas être à ta place.

CAROLINE

Pourquoi ?

BERTRAND

Ce genre de cas a un nom technique précis.

CAROLINE

Lequel ?

BERTRAND

Un « con ».

Elle fait la moue.

BERTRAND

Con-tent. Con-fiant… De toute façon il est condamné.

CAROLINE

Con, con, con. Tu n'as que ce mot à la bouche. Moi je dis que je le sauverai, con ou pas con.

BERTRAND

M'étonnerait. Il m'a pas l'air récupérable, ton client.

CAROLINE

Je le sauverai.

BERTRAND

Il faudrait un miracle.

CAROLINE

On peut toujours faire des miracles.

BERTRAND

Dans un hôpital peut-être. Pas ici. C'est le seul endroit garanti sans miracles. Il sera condamné comme les autres cons ont été condamnés. CON-DAM-NÉ.

CAROLINE *(le fixant avec dureté)*

Doucement, tu vas le réveiller. *(Elle lui fait face.)* En fait tu veux le condamner pour ME condamner. Tu es encore sur nos anciennes histoires.

BERTRAND

Non, c'est pas toi, Caroline. Celui-là je l'achèverai. Par principe.

CAROLINE

Pourquoi ?

BERTRAND

Parce que je déteste les cons.

CAROLINE

On est tous le con d'un autre.

BERTRAND

Il y a des cons universels et intemporels. Ils transcendent les lieux et les époques. Et le plus souvent ils sont con-tagieux.

CAROLINE

Tu as l'air de bien connaître le sujet. Tu as dû beaucoup en fréquenter.

BERTRAND

On peut vivre au milieu d'eux sans être contaminé. Le gardien du zoo ne partage pas forcément la gamelle des singes...

CAROLINE

Tu exagères.

BERTRAND

Quand j'étais petit mon père me disait : « Tu vas voir, mon fils, le monde est rempli de cons. Tu ne peux pas leur dire en face qu'ils sont cons parce qu'en plus ils sont susceptibles. »

CAROLINE

Mmm... Mmm...

BERTRAND

C'est même la caractéristique de base du con, il ne supporte pas d'entendre la vérité. A fortiori sur lui-même. Et si tu la lui dis, non seulement il t'en veut mais en plus il n'oublie jamais. Il n'existe qu'une manière de s'adresser aux cons...

CAROLINE

Mmm... Mmmm...

BERTRAND

Les compliments. Les cons adorent les compliments, c'est leur deuxième caractéristique. Avec un compliment le con se met instantanément à t'aimer.

CAROLINE

Pichon n'est pas un con. C'est un esprit subtil, délicat, avec une vraie dimension humaine.

BERTRAND

Je suis sûr que si je lui dis qu'il est formidable, il va m'adorer.

CAROLINE

Tu plaisantes ! C'était un homme de pouvoir, de grand pouvoir même. Tu devrais regarder son dossier. Les cire-pompes, il les gérait du matin au soir. Alors il est vacciné. En plus il est intelligent.

BERTRAND

S'il était vraiment intelligent, il ne serait pas ici.

CAROLINE

Disons qu'il est « limite ». C'est ce qui rend ce dossier passionnant. Tout est possible. On peut gagner ou perdre. Et je vais gagner.

BERTRAND

Rien n'est moins sûr.

CAROLINE

Je te déteste.

BERTRAND

Moi je t'adore !

Il mime un baiser dans l'air. Elle marque son dégoût. Il prend le dossier en soupirant et recommence à lire.

CAROLINE

Je le sauverai. Par principe !

À ce moment on remarque qu'à droite Anatole est réveillé. Il se lève, intrigué, et écoute derrière le rideau.

BERTRAND

Il est foutu. Foutu !

Scène 3

CAROLINE, BERTRAND, ANATOLE *(à droite)*

Anatole tire d'un coup les rideaux.

ANATOLE

Je vous ai entendus ! C'est ignoble !

BERTRAND

Zut, la boulette. *(Chuchotant à Caroline, réprobateur.)* Je croyais qu'il dormait.

ANATOLE

Oh non, je ne dormais pas ! Vous parliez de moi comme d'un morceau de viande !

BERTRAND *(narquois)*

Ah ça non, monsieur Pichon, vous n'êtes pas un morceau de viande. Maintenant vous êtes disons... autre chose.

ANATOLE

Vous croyez que je n'ai pas compris votre petit manège ? Vous pariez sur la date de décès des malades.

BERTRAND *(moqueur)*

Pas du tout. On ne parie pas. On parie s'il y a du suspense. Là, on connaît déjà la date.

CAROLINE

Arrête, Bertrand.

ANATOLE *(menaçant)*

Ça suffit, appelez-moi le professeur Adjemian tout de suite. Je vais vous faire virer, moi.

BERTRAND

Calmez-vous, monsieur Pichon. Je me présente : Bertrand.

Bertrand lui tend la main. Anatole la regarde et ne la serre pas, méfiant. Bertrand renonce à ce salut. Caroline s'avance à son tour.

CAROLINE

Moi, c'est Caroline.

Elle ne lui tend pas la main, se contente d'une courbette. Anatole les regarde avec méfiance.

ANATOLE

Pourquoi n'êtes-vous pas en blanc comme elle ?

BERTRAND

Je n'ai pas la même fonction.

ANATOLE

Vous êtes quoi alors ?…

BERTRAND

Bonne question. Disons que je suis là comme « éclaircisseur ».

ANATOLE

En noir ?

BERTRAND

Par moments le noir fait mieux ressortir le blanc. À ce propos je vous trouve « lumineux », Anatole.

Anatole hésite puis change de physionomie pour être plus souriant.

ANATOLE

Oui ? L'opération s'est bien passée, je n'en reviens pas moi-même. Une chance sur six et… bingo. Mais qui vous a permis de m'appeler Anatole ?

BERTRAND

Vous avez raison, monsieur Pichon. Bingo. Vous ne seriez pas un… chanceux ?

ANATOLE

(méfiant puis décidant d'accepter le compliment)

Écoutez, à vrai dire c'est héréditaire. Ma sœur a subi une opération similaire. À une chance sur dix pour elle…

BERTRAND

Et alors ?

ANATOLE

Bon, ça n'a pas marché… finalement c'est un mauvais exemple, mais mon frère…

BERTRAND

L'important c'est vous, monsieur Pichon. Nous sommes tous ici pour votre bien. Caroline, moi, et beaucoup de gens qui agissent « derrière » *(avec un signe vague en direction du public)*.

ANATOLE

Ah bon ? C'est-à-dire qu'en effet l'opération s'est très bien passée et je me sens ragaillardi, plus vif. Je respire bien, là. C'est héréditaire, je vous dis, ma grand-mère déjà avait une étonnante capacité de récupération. Comme si après une grosse épreuve elle était encore plus vigoureuse. Je me sens vraiment tellement mieux ! Quant à mon grand-père, il disait : « Ce qui ne vous tue pas vous rend plus fort. »

BERTRAND

Votre grand-père était un sage.

ANATOLE

Il disait aussi : « L'alcool conserve les fruits et la fumée conserve les viandes. » Il est mort d'une cirrhose mais il est mort heureux.

BERTRAND

C'est ça le plus important, monsieur Pichon. Pas la quantité, mais la qualité de vie.

Jeu de regards entre Bertrand et Caroline qui réprouve qu'il se moque d'Anatole aussi facilement.

CAROLINE

Bertrand, arrête ce petit jeu débile !

ANATOLE

Non, laissez, ce garçon a des remarques pertinentes. Depuis tout à l'heure j'ai en effet l'impression que je me sens revivre, je me sens tout neuf, prêt à faire la fête…

Bertrand est très à l'écoute, souriant, encourageant. Caroline s'interpose.

CAROLINE *(agacée)*

Oh, je crois que vous feriez mieux de dormir.

ANATOLE

Mais…

CAROLINE

Allez, au lit, monsieur Pichon, ou vous allez rechuter.

Elle le pousse et tire les rideaux. Elle entraîne Bertrand par le bras plus à gauche. Ils chuchotent.

CAROLINE

Tu n'aurais pas dû, Bertrand.

BERTRAND

Oh, je n'ai pas eu à le pousser beaucoup. Ego surdimensionné. C'est une baudruche gonflée d'air. Ça va être facile de le faire exploser.

CAROLINE

Souviens-toi, quand tu es arrivé ici. Souviens-toi que toi aussi tu as été un con. Et j'en sais quelque chose.

Il ne relève pas et hausse les épaules.

BERTRAND

En plus ton Pichon, il est paranoïaque. Tu t'imagines, il pensait que nous étions des infirmiers qui pariaient sur la date de sa mort… Pfff… *(Changeant de mimique.)* Remarque, il n'a pas complètement tort, ça existe.

CAROLINE

Il a eu une vie éprouvante, tu sais.

BERTRAND

Ah, l'argument habituel ! Nous avons tous eu des « vies éprouvantes ». Bon, je vais regarder dans le détail son dossier. Par conscience professionnelle. Toi tu es avantagée, tu le suis depuis longtemps. Moi je n'ai que peu de temps pour le découvrir ton… client si formidable avec sa vie si éprouvante. Juste une question : tu m'aimes encore… même un tout petit peu ?

Il s'approche pour l'embrasser. Elle recule, horrifiée.

BERTRAND

Nous avons quand même eu ensemble une grande période de bonheur.

CAROLINE

C'est quoi selon toi notre « période de bonheur » ? L'époque où j'acceptais de faire la cuisine, la vaisselle et de torcher les gosses sans te demander d'aide ou celle où tu me trompais avec ma meilleure amie ?

BERTRAND

Tu sais que tu es belle quand tu es en colère…

Il mime un baiser. Elle hausse les épaules et va vers la gauche, côté jardin. Bertrand s'installe au milieu pour lire le dossier. Anatole s'endort à droite et on l'entend ronfler.

Scène 4

CAROLINE, GABRIELLE

Caroline ouvre le rideau qui sépare le coin gauche du milieu.

GABRIELLE *(au téléphone)*

Du quoi ? Ro-cken-rolle ? Un type du Rockenrolle, et alors qu'est-ce que cela a de si exceptionnel ? C'est une… urgence ? De toute façon c'est non ! Je viens juste de prendre en charge un dossier. Je suis donc déjà oc-cu-pée. Je veux bien bosser, mais une affaire après l'autre. Passez-moi Juliette. Allô, Juju ? C'est Gaby. *(Changeant de voix.)* Oui. Oui. Très bien… merci… oui… Mais dis-moi, c'est quoi cette affaire de Rockenrolle ? Le prendre entre deux affaires ? Non… impossible ! J'ai déjà un dossier. Juju, si cela continue je tire les verdicts aux dés. Ils viendront pas se plaindre des répercussions… Ouais ben Attila, je te rappelle que ça avait commencé comme ça : surcharge de travail ici, donc dossier bâclé. Et au final ce sont les mortels, en bas, qui ont payé : viols, pillages, massacres… Mais oui, ma Juju, je sais que toi tu n'es pas comme ça. Alors dis-leur, c'est non. Je suis sur une affaire et tant que je ne l'ai pas finie je ne m'occupe de rien d'autre. Je suis une artisane, j'aime le travail bien fait. Du sur-mesure, pas de l'industriel. Bon, je t'embrasse, ma Juju, Ouais, t'es un ange, oui, moi aussi… moi aussi… oui, moi aussi. Allez ciao.

Elle raccroche d'un coup sec. Elle a comme un doute.

CAROLINE *(timide)*

Bonjour.

GABRIELLE *(repérant Caroline)*

Vous connaissez le Rockenrolle, vous ?

CAROLINE *(timidement)*

C'est de la musique moderne.

GABRIELLE

Ah, zut, je croyais que c'était un pays scandinave, près du Tyrol.

Gabrielle plonge dans ses papiers, fouille. Puis enfin elle sort un dossier numéroté 103-783.

GABRIELLE

Vous venez pour l'affaire… ?

CAROLINE

103-683.

GABRIELLE

Bien, installez-vous. *(Fronçant les sourcils.)* Vous êtes sûre du numéro ?

CAROLINE

Oui, pourquoi ?

GABRIELLE

Vous avez la convocation ?

Caroline lui tend une feuille. Gabrielle marque son étonnement et sa déception.

GABRIELLE

Ahhh…

CAROLINE *(inquiète)*

Qu'est-ce qu'il se passe ?

GABRIELLE

Ne sous-estimez jamais le niveau d'incompétence d'une administration.

Elle tend le dossier à Caroline.

CAROLINE *(lisant)*

103… 783 ?

GABRIELLE

On est mal.

CAROLINE

On ne peut pas remettre à plus tard, je présume ?

GABRIELLE

Pfff… Il y a déjà trente dossiers en attente depuis ce matin. Tant pis, on improvise. Vous vous appelez comment ?

CAROLINE

Caroline.

GABRIELLE

Avocate ou procureur ?

CAROLINE

Avocate.

GABRIELLE

Vous faisiez quoi avant ?

CAROLINE

Avant quoi ?

GABRIELLE

Dans votre dernière vie.

CAROLINE

Ah. Eh bien… femme. Française. Née à Albi en 1922, morte à Font-Romeu en 1957.

GABRIELLE *(rêveuse)*

1922-1957… Finalement une vie ça se résume à deux nombres côte à côte. L'entrée et la sortie. Ensuite on remplit. On naît, on pleure, on rit, on mange, on défèque, on bouge, on dort, on baise, on se dispute, on parle, on écoute, on marche, on s'assoit, on se couche, et… on crève. Chacun trouve ça extraordinaire et unique mais en fait pour tout le monde c'est exactement pareil.

CAROLINE

Dit comme ça, c'est pas très ragoûtant. Mais il y a quand même des nuances qui font toute la poésie de chaque existence en particulier. Il faut examiner ça au cas par cas.

GABRIELLE

Pfff… *(Elle réfléchit, et tripote les feuilles, le regard dans le vague.)* La France entre 1922 et 1957… Vous avez donc vu la Deuxième Guerre mondiale ? Ça a dû être terrible, non ? Le général de Gaulle et Churchill… Vous savez qu'ils ne peuvent pas se voir, ces deux-là ?

CAROLINE

Mais ils étaient alliés !

GABRIELLE

Alliés, alliés, ça n'empêche pas.

CAROLINE

Après la guerre, je me suis mariée, j'ai eu deux enfants. J'ai divorcé.

GABRIELLE

Vous avez divorcé ?

CAROLINE

J'étais avec un con. Le genre de type qui croit toujours avoir raison et qui a des théories simplistes sur tout parce qu'il ne comprend rien au monde.

GABRIELLE

Oui, enfin un homme, quoi.

Caroline rigole.

GABRIELLE

Et vous êtes morte comment ?

CAROLINE

Accident de voiture. Dans un virage sur une petite route des Pyrénées. Une simple erreur de jugement de distance et de vitesse.

GABRIELLE

Ah bien sûr, une « erreur de jugement » *(avec emphase).* Pourquoi n'avez-vous pas sauté en marche ?

CAROLINE

À 90 kilomètres-heure ? Faut pas se rater.

GABRIELLE

C'est bête de mourir comme ça.

CAROLINE

Bof, quand je vois mon client *(désignant le côté droit de la scène du menton)*, je ne crois pas qu'il y ait de mort vraiment réussie. On peut juste essayer de la rater le moins possible. Et vous ?

GABRIELLE

Moi, c'est Gabrielle.

CAROLINE

Et vous êtes morte comment ?

GABRIELLE

Les lions.

CAROLINE

Dompteuse de cirque ?

GABRIELLE

Non, martyre.

CAROLINE

C'est un métier ?

GABRIELLE

Je suis née à Rome et morte l'année de la grande crise. À la lune montante de l'hiver 68.

Elle hésite puis, se sentant en confiance, se détend et lève les yeux, rêveuse.

GABRIELLE

Papa était marchand d'esclaves dans le centre de Rome. Spécialisé dans l'Égyptien.

CAROLINE *(grimace incrédule)*

Ah ?

GABRIELLE

Maman travaillait avec papa, elle s'occupait des commandes « spéciales ». *(Chuchotant en confidence.)* En fait elle était castratrice.

CAROLINE

Elle castrait qui ?

GABRIELLE

Ceux qui étaient vendus comme eunuques. Les types s'asseyaient sur des chaises trouées, leurs attributs dépassaient et ma mère frappait fort avec deux briques.

CAROLINE

Mais ça devait faire très mal !

GABRIELLE

Non, non. *(Un temps.)* Elle rentrait les pouces.

Caroline fait une moue de dégoût.

CAROLINE

C'était une époque barbare.

GABRIELLE

M'en parlez pas. Tous ces gens ne se lavaient jamais. Le marché de Rome c'était la foire aux mouches. *(Changeant de physionomie.)* Un jour un ami m'a emmenée écouter un type d'une secte dont le symbole était le poisson.

CAROLINE

Le poisson ? Les premiers évangélistes chrétiens !

GABRIELLE

À l'époque le mot n'existait pas. C'était juste considéré comme une secte de juifs bizarres. Je suis tombée amoureuse de l'un d'eux. Un type qui parlait bien. Un barbu aux yeux noirs. Très bien fait. Des muscles saillants. Une mèche rebelle. Il s'appelait Modérai. Je me rappellerai toujours cette nuit magique où il m'a emmenée dîner au Capitole.

CAROLINE

Que c'est beau !

GABRIELLE

(fronçant les sourcils, puis se détendant)

J'ai largué ma famille pour suivre Modérai. Chaque jour une ville à convertir. De grands discours. Athènes, Sparte, Sidon, Tyr, Syracuse, que de souvenirs… Nous avons parcouru ensemble tout le bassin méditerranéen. Il m'a emmenée partout. Nous avons fait toutes les plages du Sud. Ah, le Sud… La gentillesse de leurs esclaves, la rapidité de leurs galères, la beauté des combats de gladiateurs. Certes on débarquait chez des villageois qui nous accueillaient parfois à coups de pierres, mais c'était le souffle de l'aventure. Bon an mal an, nous arrivions à nos cinq convertis par jour, et on quadruplait ce chiffre les jours d'éclipse ou d'épidémie.

CAROLINE

Et comment ça a fini ?

GABRIELLE

Je me suis fait attraper par la police de l'empereur de l'époque, un certain Néron. Il nous a fait exécuter dans un cirque.

CAROLINE

Quelle horreur !

GABRIELLE

C'était un matin de printemps. On a tous eu droit à des supplices différents pour s'intégrer à une sorte de grand spectacle qui devait durer toute la journée. Personnellement j'ai été livrée à des lions de l'Atlas qu'ils avaient affamés.

CAROLINE

Douloureux ?

GABRIELLE

Ça pique un peu.

CAROLINE

Brrr… ça me donne des frissons.

GABRIELLE

Oh ça aurait pu être pire : écartelé ou brûlé vif, c'est pas mieux.

CAROLINE

Vous dites que c'était il y a deux mille ans, ça fait un bail…

GABRIELLE *(sur le ton de la confidence)*

Entre nous… parfois j'ai l'impression de ne plus être dans le coup. La télévision… Internet… les avions… Quand j'ai quitté la Terre, on circulait à dos d'âne, on réglait les problèmes en criant d'une fenêtre à l'autre, et on utilisait des pigeons voyageurs pour les messages longue distance.

CAROLINE

Cela avait au moins le mérite de ne pas tomber en panne.

GABRIELLE

Il suffisait qu'un aigle chope votre pigeon…

Elle grimace.

CAROLINE

Bon, je vais chercher le client.

GABRIELLE

Parfait.

Caroline passe devant Bertrand. Elle arrive dans le coin d'Anatole, s'assoit sur son lit et le regarde dormir. Elle a un geste pour lui caresser le front.

Scène 5

GABRIELLE, BERTRAND

Gabrielle allume un écran au milieu de la scène. Elle prend une télécommande et on voit des foules de gens. Elle zappe et on voit des gens qui se parlent, sans qu'on puisse les entendre. Puis, satisfaite, elle pose la télécommande sur un support. Bertrand se lève et se place près de Gabrielle. Il chuchote.

BERTRAND

Vous avez vu le client ?

GABRIELLE

Non, pas encore.

BERTRAND

Je viens de lire son dossier. Vous allez être surprise. Je pense que cela devrait vous amuser. De toute façon, je peux vous le dire… il est foutu.

GABRIELLE

Vous avez l'air bien sûr de vous.

BERTRAND

Si on commence à laisser n'importe qui réussir, on va être encombrés d'une foule de cons. Ne commettons pas l'erreur du baccalauréat.

GABRIELLE

Le baccalauréat ? C'est quoi, un gâteau ?

BERTRAND

C'est l'examen de fin d'études que les petits Français passent pour pouvoir entrer dans le monde du travail. Quand j'étais jeune, cela avait un sens, c'était une épreuve difficile, qui demandait beaucoup d'efforts. Aujourd'hui le bac a perdu de son prestige. Ce qui est accessible trop facilement perd de sa valeur.

Ils regardent tous les deux l'écran où les gens parlent sans qu'on les entende.

GABRIELLE

Les pauvres… S'ils savaient.

BERTRAND

Pour l'instant il vaut mieux qu'ils ne sachent pas.

GABRIELLE

Parfois je me demande si on ne devrait pas descendre les avertir.

BERTRAND

Il y en a un qui a essayé il y a deux mille ans et on a vu le résultat.

GABRIELLE

Peut-être que c'était trop tôt.

Il prend la télécommande et met l'image au ralenti.

BERTRAND

Regardez-les. Vous les croyez prêts ? Ils sont tellement bêtes.

Elle éteint la télévision.

GABRIELLE

Comment pouvez-vous être aussi dur ?

BERTRAND

J'étais instituteur dans ma dernière vie. Et un bon instit, sachant tenir une classe, récompenser les bons élèves et punir les mauvais.

GABRIELLE

Cela n'a pas dû être facile.

BERTRAND

Faites-moi confiance, moi je les tenais. J'avais mes méthodes. Je leur prenais les poils des pattes, près des oreilles *(il se le fait à lui-même pour mimer)*, et je tournais, je tournais, jusqu'à ce qu'ils avouent qu'ils avaient triché.

GABRIELLE

C'était efficace ?

BERTRAND

Très. La peur de la punition est la meilleure motivation.

GABRIELLE

La récompense ça fonctionne aussi.

BERTRAND

Je peux vous dire que j'avais un taux de réussite aux examens supérieur à celui de mes collègues. La méthode dure, ça marche.

GABRIELLE

Vous avez été marié ?

BERTRAND

C'est en effet une erreur que j'ai commise. Trois semaines d'amour, trois mois de haine, trois ans à serrer les dents.

GABRIELLE

Quel sacerdoce.

BERTRAND

Pour oublier je me suis lancé dans la politique. Maire. Député. Puis ministre.

GABRIELLE

Quel ministère ?

BERTRAND

Celui dont personne ne voulait.

GABRIELLE

L'Agriculture ?

BERTRAND

L'Éducation.

GABRIELLE

C'est une autre forme d'élevage.

BERTRAND

En plus j'ai fait l'erreur de proposer une réforme. Pour rendre l'examen plus crédible.

GABRIELLE

Aïe.

BERTRAND

Manifs. Occupation des universités. Et puis point d'orgue de toute cette pagaille, un crétin recalé trois fois au bac m'a poignardé dans le dos. Il a eu l'artère. *(Il hausse les épaules, fataliste.)* C'est peut-être la première fois qu'il a réussi quelque chose du premier coup. Ce con.

Balance de lumière.

Scène 6

ANATOLE, CAROLINE

Gabrielle, à droite, après avoir fait le ménage et tout vérifié, fait sonner la cloche.

CAROLINE

Vous devez vous réveiller maintenant. Il va falloir y aller.

ANATOLE

Encore des examens ?

CAROLINE

Un peu plus que des examens...

En effet, Gabrielle s'installe à son bureau au centre et sonne plus fort la cloche. Aussitôt Bertrand va prendre place à sa droite, près du public. Il range son dossier.

ANATOLE *(inquiet)*

Une autre opération ?

CAROLINE

En quelque sorte.

Il marque de l'inquiétude mais consent à la suivre.

Scène 7

ANATOLE, GABRIELLE, CAROLINE, BERTRAND

Alors que tout est en place au milieu, où il y a une chaise face à un prétoire, et du côté gauche, le rideau se lève entre les deux. Caroline amène Anatole devant la chaise. Anatole regarde le décor.

CAROLINE

Asseyez-vous. Ne vous inquiétez pas. Tout va bien se passer.

ANATOLE

Il est où le professeur Adjemian ?

Caroline va s'asseoir à son bureau.

GABRIELLE *(à Caroline)*

Vous ne l'avez pas mis au courant ?

CAROLINE

Je n'ai pas trouvé le courage.

ANATOLE

Il y a quelque chose que je dois savoir ? Il y a des complications ?

BERTRAND *(à Caroline)*

C'est tout toi ça. Tu fuis devant les responsabilités. *(À Gabrielle.)* J'ai oublié de vous prévenir... c'est elle mon ex-femme.

Caroline approuve en grimaçant.

CAROLINE

C'est lui mon ex-mari.

GABRIELLE

Pourtant les consignes sont claires : le client arrive a-ver-ti.

ANATOLE

Mais de quoi vous parlez ?

BERTRAND

Disons, monsieur Pichon, qu'au crépuscule d'une existence bien remplie vient l'instant fatidique où il faut savoir quitter la scène.

ANATOLE

De quoi parlez-vous ? Où est le professeur Adjemian ?

CAROLINE *(aux deux autres)*

Laissez-moi faire. *(À Anatole.)* Disons que justement la fameuse « opération de la dernière chance »… eh bien… comment dire… allons… reconnaissez qu'elle peut parfois être capricieuse, la chance…

BERTRAND

Bon écoutez, monsieur Pichon. VOUS ÊTES… MORT.

Un instant de silence. Caroline fait une mimique gênée. Gabrielle, surprise de la rapidité d'action de Bertrand, est un peu gênée de sa brutalité.

ANATOLE *(éclatant de rire)*
Vous voulez me faire croire que… !!!

Il pouffe. Les trois autres hochent la tête simultanément.

CAROLINE
Désolée.

BERTRAND *(à Gabrielle et Caroline)*
Au moins là c'est clair.

ANATOLE *(sûr de lui)*
Je ne vous crois pas.

Il les fixe. Ils font des mimiques dans le style « nous sommes gênés mais c'est comme ça ». Celles d'Anatole montrent qu'il prend progressivement conscience de la situation et qu'il est troublé.

ANATOLE
Alors mon rêve… ?

CAROLINE
Ce n'était pas un rêve.

ANATOLE
Mort ? Comment est-ce possible ?

CAROLINE
Ce sont des choses qui arrivent à tout le monde. Il n'y a rien de ridicule à cela.

BERTRAND

Et puis à trois paquets par jour, il faut quand même pas trop s'étonner.

ANATOLE

Mais le professeur Adjemian m'avait certifié…

BERTRAND

Pour un miracle, vous auriez mieux fait d'investir dans un cierge.

GABRIELLE *(à Caroline et Bertrand)*

Reconnaissons que la médecine est elle aussi une forme de… superstition.

CAROLINE *(à Anatole)*

Trois paquets par jour, monsieur Pichon ! Trois ! C'est beaucoup.

ANATOLE

C'étaient des mentholées…

CAROLINE

Même.

ANATOLE

Avec double filtre…

CAROLINE

La nicotine se fout des barrières.

ANATOLE

Merde.

BERTRAND

C'était quand même écrit dessus : « Fumer tue. »

CAROLINE *(à Gabrielle)*

Il n'y a pas pire aveugle que celui qui ne veut pas voir.

Bertrand fronce les sourcils.

ANATOLE

Je serais donc… mort ?

BERTRAND

Finalement on s'en fait tout un monde et puis quand on y est, c'est pas… si terrible que ça.

GABRIELLE

Vous verrez. C'est un peu comme entrer dans l'eau froide, au début ça pince un peu et après on s'y fait.

ANATOLE *(hébété, le regard au loin)*

Merde. Je suis mort !

CAROLINE

Oui, je sais, cela surprend toujours un peu. On a l'impression que cela n'arrive qu'aux autres et puis…

ANATOLE

Merde. Je suis mort !

Il frissonne.

BERTRAND

Ah ça, on ne nous y prépare pas.

ANATOLE

Merde. Je suis mort !

BERTRAND

En fait, tant qu'on ne l'a pas vécu, on se rend pas vraiment compte.

ANATOLE

Merde. Je suis mort !

CAROLINE *(sur un ton réconfortant)*

Allons, prenez ça du bon côté : bienvenue au Paradis !

ANATOLE

Moi ? Mort ? J'y crois pas !

Gabrielle prend la télécommande et fait défiler plusieurs vues de Paris de loin jusqu'à s'arrêter sur une maison. Elle zoome et on pénètre le mur jusqu'à une image de salle d'opération vue de haut.

GABRIELLE

Si vous avez encore un doute, voici ce qui reste de votre dernière enveloppe charnelle.

Anatole se lève, se place dos au public, face à l'écran. On y voit un homme immobile dans un lit.

ANATOLE

Mais qu'est-ce qu'il s'est passé ?

CAROLINE

Je vous l'ai dit, monsieur Pichon, la médecine n'est pas une science exacte. Votre ablation du poumon s'est mal déroulée. Hémorragie.

ANATOLE

Mais regardez, je ne suis pas encore mort. Il y a la machine qui fait des bips.

GABRIELLE

Vous êtes dans un coma profond. La mort ne devrait plus tarder.

Elle zoome et on voit la machine qui bipait se mettre à sonner et, à la place de la ligne brisée, une ligne continue.

ANATOLE

Attendez, attendez, mais si je suis dans le coma, ils peuvent peut-être encore me sauver !

On voit tous les médecins et infirmiers qui s'affolent autour du corps.

BERTRAND

Peu probable, monsieur Pichon. Vous n'êtes pas dans l'hôpital le plus qualifié. Et les trente-cinq heures, ça crée des problèmes de personnel. Fin août, c'est toujours difficile. Ce sont des stagiaires pour la plupart. Ils manquent d'expérience.

Anatole est atterré.

ANATOLE

Où est le professeur Adjemian ?

Gabrielle manipule la télécommande. On voit Adjemian en train de faire un golf.

ANATOLE

L'enfoiré ! Il ne peut pas me planter là comme un con.

BERTRAND *(à Caroline)*

Tu vois que c'est un con. Il le dit lui-même.

ANATOLE

Vous me mentez ! J'ai vu des reportages. On a récupéré des gens qu'on croyait morts ! Le coma c'est pas la mort !

GABRIELLE

Des erreurs de l'administration du ciel. Mais elles sont exceptionnelles, monsieur Pichon. Tout à fait exceptionnelles.

Les trois se regardent. Gabrielle est troublée. Caroline hésite puis soudain se lance.

CAROLINE

Cela vaut peut-être le coup de vérifier.

Gabrielle jette un regard à Caroline puis hausse les épaules et prend le grand téléphone face à elle.

GABRIELLE

Pfff… Allô, Juju, c'est encore moi, Gaby… Bon, dis-moi, je suis en séance. Je t'appelle pour mon dossier en cours, ouais, tu sais, le 103-683. Le client voudrait savoir si son enveloppe charnelle est récupérable. Ouais, je sais, je lui ai dit, mais tu sais comment ils sont. À douter de tout. Donc tu peux vérifier ça, s'il te plaît, juste par acquit de conscience ? Merci. OK, j'attends. *(Couvrant le micro et chuchotant aux autres.)* Elle va vérifier. Vous avez de la chance, c'est une copine.

BERTRAND *(narquois, à Caroline)*

Aahhh, ces gens qui refusent de changer de voiture après un accident ! Ils préfèrent réparer leur épave plutôt que d'en acheter une neuve.

CAROLINE

C'est affectif.

BERTRAND

Ce n'est pas de l'affection, c'est du fétichisme.

Anatole est toujours face à l'écran. On voit les équipes de plus en plus affolées. Ils administrent des décharges électriques de plus en plus fortes et le corps bondit à chaque fois.

ANATOLE

Hé, ho ! Regardez, mon corps réagit ! Je sauterais pas comme ça si c'était complètement foutu !

GABRIELLE *(au téléphone)*

Ah… ah… très bien, je lui explique. Merci, Juju. Oui, Juju *(souriant)*, bon on en parle tout à l'heure. Je te rappelle… *(Chuchotant.)* Ouais, le client est un peu compliqué. Ouais…

Elle écoute puis éclate de rire. Anatole la fixe avec rage. Elle se reprend.

ANATOLE

Je ne vous dérange pas, au moins. Excusez-moi de mourir !

GABRIELLE *(toujours au téléphone)*

Non, écoute, c'est pas le moment… le 103-683 panique… je te rappelle. *(Se tournant vers Anatole.)*

La fortune sourit aux casse-pieds, monsieur Pichon. Parfois faut savoir insister. Vous avez raison, vous pouvez revenir et sortir de votre coma.

ANATOLE

Ah oui ?

GABRIELLE

Oui mais… je dois vous avertir. Certaines zones de votre cerveau n'ont pas été irriguées durant plusieurs minutes.

ANATOLE

Et alors ?

GABRIELLE

Vous risquez des séquelles irréversibles.

ANATOLE

Des séquelles ? Quel genre de séquelles ?!!!!

Gabrielle soupire.

CAROLINE *(murmurant à Anatole)*

N'abusez pas de la patience de la présidente. À partir de maintenant contentez-vous de répondre aux questions.

GABRIELLE *(reprenant le téléphone)*

Allô, Juju, oui, c'est encore moi. Le client demande quelles séquelles. *(Écoutant la réponse.)* Ah ?… ah !…

Ah, ah ! *(Chuchotant à Anatole en mettant sa main sur le micro.)* Vous venez de perdre la zone du cerveau qui est responsable de la vision de l'œil droit et une partie de votre centre de la mémoire. Pour l'instant vous êtes déjà borgne et un peu gâteux, mais ça marche encore.

ANATOLE *(affolé)*

Alors il faut faire vite ! Je veux rentrer tout de suite.

GABRIELLE

Autant à l'aller le chemin est simple, autant au retour il y a des risques…

ANATOLE

Des « risques » ? Quels risques ?

CAROLINE

De rester coincé.

ANATOLE

Coincé, coincé où ?

CAROLINE

Entre deux dimensions.

ANATOLE

Entre quoi ?

GABRIELLE

Vous risquez de devenir une âme errante.

CAROLINE

Un fantôme si vous préférez. Vous n'êtes plus dans la matière et vous n'êtes plus ici.

GABRIELLE

Vous n'êtes plus sur Terre, vous n'êtes pas au Paradis.

CAROLINE

Vous devenez une sorte d'ectoplasme. Vous pouvez traverser les murs, faire grincer les portes des châteaux écossais, mais vous ne pouvez plus rien ressentir. Vous ne pouvez plus marcher, vous asseoir, manger. Vous ne dormez plus, vous ne faites plus l'amour.

GABRIELLE

Vous pouvez communiquer avec les médiums.

BERTRAND

Mais la plupart comprennent vos messages de travers.

ANATOLE *(déterminé)*

Je veux rentrer. Je prends le risque.

BERTRAND

Juste une question : pourquoi tenez-vous tant à revenir ?

ANATOLE

(hésitant à parler puis d'un coup)

L'héritage. Si je meurs, l'État va prendre la moitié de ce que j'ai eu tant de mal à gagner. Je n'ai pas eu le temps de faire des donations de mon vivant.

BERTRAND *(applaudissant)*

Bravo ! Permettez-moi d'ajouter cela à ma plaidoirie. M. Pichon veut revenir sur Terre pour… gruger le fisc ! Belle mentalité !

CAROLINE *(empathique)*

Je crois que vous feriez mieux de rester avec nous.

ANATOLE

Jamais !

BERTRAND

Je vous l'avais dit : c'est un con.

GABRIELLE

Vous prenez le risque d'être handicapé à vie ?

ANATOLE

Je le prends. On perd du temps, je m'abîme en bas. Allez ouste, je rentre.

BERTRAND

Je crois que monsieur ne se rend pas bien compte.

CAROLINE

Laissez-moi lui parler en tête à tête.

Scène 8

CAROLINE, ANATOLE

Gabrielle et Bertrand chuchotent entre eux. Caroline et Anatole se rapprochent du public pour parler.

CAROLINE

Il ne faut pas revenir.

ANATOLE

Je le veux.

CAROLINE

Entre nous, votre famille c'était pas terrible. Votre boulot était mal payé. Et vers la fin, vos problèmes de santé étaient douloureux.

ANATOLE

Qu'est-ce que vous en savez ?

CAROLINE

Je le sais.

ANATOLE

Vous essayez de me dégoûter de la vie ?

CAROLINE

J'essaie de vous donner envie de poursuivre l'aventure. Considérez que votre âme est jeune. Elle est comme un enfant. Il ne faut pas qu'elle soit bloquée dans une peau trop petite, il faut la laisser grandir, mûrir, évoluer.

ANATOLE

Mais qui êtes-vous ? À qui je parle ? Vous n'existez peut-être même pas. On est toujours dans mon rêve post-opératoire.

Elle lui tend la main. Il hésite puis la lui prend, la palpe.

CAROLINE

Je suis votre ange gardien.

ANATOLE

Ahh… j'y suis, nous sommes dans un asile de fous.

CAROLINE

Je suis là pour vous protéger.

ANATOLE *(narquois)*

Dans ce cas où étiez-vous durant l'opération ?

CAROLINE

J'étais là comme tout au long de votre vie.

ANATOLE

Alors qu'est-ce que vous avez fait pour moi ?

CAROLINE *(outrée)*

On ne peut pas tout faire.

ANATOLE

Tous ces moments où je vous ai priée et où je n'ai rien obtenu.

CAROLINE

Vous priiez pour gagner au loto, au casino, pour voir vos concurrents professionnels échouer ou pour draguer des filles qui ne vous convenaient pas !

ANATOLE

Et vous ne m'avez pas exaucé.

CAROLINE

Essayez de vous rappeler toutes les fois où vous avez failli avoir des accidents graves et au dernier moment vous les avez évités de justesse.

ANATOLE

Vous n'avez pas exaucé mes vœux !

CAROLINE

Rappelez-vous toutes les fois où vous avez failli faire de grosses bêtises et au dernier moment une intuition, un rêve prémonitoire, un signe vous en a empêché.

Anatole va pour parler mais soudain il s'arrête et réfléchit. Il change de physionomie.

ANATOLE

Mon accident de parachute ?...

CAROLINE

Amorti par un arbre ? C'était moi.

ANATOLE

Mon examen d'université ?...

CAROLINE

Portant sur les seuls sujets que vous aviez révisés ? Oui, c'était moi.

ANATOLE

Vous allez aussi prétendre que pour mon accident de voilier, l'équipe de secours arrivée de justesse c'était vous peut-être ?

CAROLINE

Comment expliquer la présence inopinée d'une équipe de sauveteurs aussi loin des côtes ?

Anatole semble préoccupé, comme embêté.

ANATOLE

Je croyais que c'était juste de la chance.

CAROLINE

La chance est le nom que donnent les ignorants à notre travail en coulisse.

ANATOLE

OK. J'ai peut-être été un peu ingrat.

CAROLINE

Croyez-moi, je ne veux que votre bien et j'ai toujours agi dans votre intérêt. Alors faites-moi confiance : acceptez votre mort. Ne le faites pas pour moi, faites-le pour vous. Dans l'intérêt de l'évolution de votre âme.

Scène 9

CAROLINE, ANATOLE, GABRIELLE, BERTRAND

Ils reviennent vers Gabrielle et Bertrand. Caroline va s'asseoir à sa place et Anatole à la sienne.

GABRIELLE

Alors ?

À l'écran les chocs électriques continuent. Le téléphone sonne.

GABRIELLE *(décrochant)*

Oui, Juju… Oui, Juju… je sais, Juju… je lui ai dit… OK… OK… *(Mettant la main sur le micro et se tournant vers Anatole.)* Bon, on me dit que, en bas, votre cerveau mal irrigué a encore fait des siennes, vous venez de perdre l'usage de votre oreille gauche, de votre œil gauche ainsi que votre sens de l'équilibre. Si vous rentrez, vous serez aveugle, à moitié sourd et incapable de tenir debout.

ANATOLE

Ça va, j'ai compris. Je suis un légume.

CAROLINE

Il faut lâcher prise.

ANATOLE

C'est quand même pas facile d'accepter de crever.

CAROLINE

De poursuivre votre chemin, Anatole. La vie n'est qu'une partie du voyage. Il est temps pour vous de changer de forme. De toute façon, l'autre forme, vous l'avez usée…

BERTRAND

Jusqu'à l'os.

Un temps.

ANATOLE

OK.

GABRIELLE

OK quoi ?

ANATOLE

J'accepte de rester ici.

Gabrielle sourit, satisfaite.

GABRIELLE

Allô, Juju ! Ça y est. Tu peux lâcher l'affaire.

À l'écran on voit le corps d'Anatole qui ne réagit plus aux chocs. Les infirmiers vérifient le pouls et font des signes signifiant « on ne peut plus rien pour lui ». Puis ils commencent à débrancher l'appareil. Deux autres infirmiers arrivent et mettent le corps dans une housse noire dont ils tirent la fermeture éclair. Ils déposent le corps dans la housse sur un lit à roulettes.

ANATOLE

Qu'est-ce qu'ils font ?

GABRIELLE

Rien d'important.

La caméra suit le corps sur son lit à roulettes jusqu'à l'ascenseur. Il est descendu au sous-sol. Là on l'amène au funérarium.

ANATOLE

Mais si, ça l'est. C'est MON corps !

Arrive un type avec un tablier.

ANATOLE

Qu'est-ce qu'il ME fait, celui-là ?

CAROLINE

Ce corps n'est plus qu'un objet, monsieur Pichon, arrêtez de vous en préoccuper.

ANATOLE

Mais il est en train de me voler mon alliance !

BERTRAND

C'est pour que le métal fondu ne bouche pas les rigoles d'évacuation. Vous avez demandé à être incinéré, n'est-ce pas ?

ANATOLE

Mais pas du tout, j'ai demandé à être enterré. Et cette médaille, j'y tiens ! C'est ma médaille de communion. Elle vient de mon arrière-grand-père qui la tenait de son propre grand-père héros des guerres napoléoniennes.

CAROLINE

Vous n'en aurez plus aucune utilité. De toute manière, « aucun objet n'est indispensable au bonheur ».

BERTRAND *(à Gabrielle)*

Ce n'est pas ce qu'elle affirmait à nos avocats au moment du divorce.

À l'écran, on voit le type de la morgue qui a des difficultés à arracher la bague et qui finalement, après avoir hésité, sort un sécateur et coupe le doigt.

ANATOLE

Mais ce type est en train de me couper le doigt pour récupérer mon alliance !

CAROLINE

Quand vous étiez nouveau-né, vous avez supporté qu'on coupe le cordon ombilical qui vous reliait à votre mère. Eh bien maintenant supportez qu'on coupe le cordon psychologique qui vous relie à votre ancienne vie.

Le type du funérarium se livre à plusieurs manipulations avec des outils semblables à des engins de torture, des pinces, des tuyaux.

ANATOLE

Mais…

GABRIELLE

Ça suffit, monsieur Pichon, nous devons avancer.

Elle éteint. Anatole se précipite.

ANATOLE

Non, je veux voir, laissez-moi voir encore.

Elle rallume. Il fixe en grimaçant son corps lavé au jet.

BERTRAND

Monsieur Pichon, s'il vous plaît ! Nous sommes ici dans un tribunal ! Gabrielle ici présente en est la présidente. Caroline est votre avocate. Je représente l'accusation, je suis le procureur.

ANATOLE

Un tribunal ? Pour juger quoi ? Je n'ai rien à me reprocher. J'ai toujours bien fait les choses.

BERTRAND

En êtes-vous sûr ? Laissez-nous le soin d'en juger par nous-mêmes.

GABRIELLE *(à Bertrand)*

Commençons par examiner ses réincarnations précédentes.

ACTE II

Bilan d'une vie passée

Scène 1

CAROLINE, ANATOLE, GABRIELLE, BERTRAND

ANATOLE

« Réincarnations précédentes » ? De quoi vous parlez ?

Gabrielle lit le dossier en hochant la tête.

GABRIELLE

Donc, âme numéro 103-683. Avant d'être Anatole Pichon vous avez été beaucoup de monde. Alors, dans l'ordre : femme de harem en Égypte dans l'Antiquité, videur de carpes dans le port de Carthage, soldat anglo-saxon, samouraï au Japon, et en 1861 dans votre avant-dernière vie vous étiez…

ANATOLE

Attendez, laissez-moi deviner. Quelqu'un qui meurt en 1910 pour renaître Anatole Pichon en 1947 ?

Bertrand, Gabrielle et Caroline se regardent.

ANATOLE

Célèbre ?

BERTRAND

C'est marrant comme les gens ne s'imaginent que célèbres lorsqu'on leur parle de leurs réincarnations précédentes. Ils oublient quand même que 99,9 % des gens qui vivaient dans le passé étaient des paysans qui poussaient la charrue derrière les bœufs, se mettaient en couple très jeunes lors de mariages arrangés par leurs parents. Ils mangeaient essentiellement de la soupe et du pain, faisaient six gosses dont la moitié mouraient à la naissance, et finissaient eux-mêmes par crever à 50 ans pour les plus veinards.

GABRIELLE

Oui… Mais à sa manière 103-683 était célèbre dans sa vie précédente.

ANATOLE *(rassuré)*

Victor Hugo ?

GABRIELLE

Pas vraiment.

ANATOLE

Jules Verne ?

GABRIELLE

Pas un écrivain.

ANATOLE

Napoléon III ?

GABRIELLE

Non plus.

ANATOLE

Un homme ?

GABRIELLE

Une femme.

ANATOLE

Actrice ? Politicienne ? Chanteuse ? Peintre ?

GABRIELLE

Danseuse.

CAROLINE

Vous étiez une danseuse de french cancan à Montmartre au Moulin-Rouge. Élisabeth Lougnac, dite la Libellule.

GABRIELLE *(se penchant vers Bertrand)*

Juste par curiosité, c'est quoi le french cancan ?

BERTRAND

Des filles affolées qui crient en écartant les jambes.

GABRIELLE

Ah, de mon temps c'étaient les Wisigothes qui étaient réputées pour ça.

CAROLINE

(lisant le dossier et souriant à Anatole)

Monsieur Pichon, vous étiez… ravissante. Brune à longue chevelure et à jambes fines. Quand vous dansiez vous étiez si légère que vous sembliez voler, d'où votre surnom de Libellule.

ANATOLE

J'ai du mal à m'imaginer en femme.

CAROLINE

Les hommes étaient fous de vous. Vous portiez un bustier qui vous faisait une poitrine pigeonnante que vous exposiez exprès aux regards. Avec une petite mouche là.

Elle désigne le coin de sa bouche avec une moue mutine. Anatole touche l'endroit pour sentir s'il en reste encore une trace.

BERTRAND

Le dossier précise que vous faisiez souffrir vos soupirants.

CAROLINE

Une jolie femme n'a pas le choix.

BERTRAND

Vous étiez aguicheuse, allumeuse, femme fatale, une vraie vamp.

ANATOLE *(ironique)*

C'est tout moi.

CAROLINE *(à Bertrand)*

Tu vois le vice partout.

BERTRAND

Une parfaite salope.

ANATOLE

Vous voulez dire que c'est cette Libellule qui a décidé de ma vie ?

BERTRAND

Comme vous-même déciderez de votre prochaine vie.

CAROLINE

Attends, c'est pas fait.

BERTRAND

Ça ne saurait tarder.

Anatole marque son incompréhension.

GABRIELLE *(articulant posément)*

En fait la recette d'une vie c'est 25 % d'hérédité, 25 % de karma et 50 % de libre arbitre.

ANATOLE

Je ne comprends pas.

CAROLINE

Cela veut dire qu'à la naissance nous sommes tous sous ces trois influences. L'hérédité ce sont les parents, le milieu où vous grandissez.

GABRIELLE

Si vous reprenez la profession de vos parents, si vous reproduisez leur trajectoire, c'est que l'hérédité a été prépondérante. Par contre, si c'est votre inconscient qui dicte vos choix, c'est sans doute que votre karma est prépondérant.

CAROLINE

Mais si vous utilisez à fond votre libre arbitre, vous pouvez sortir de l'influence héréditaire et karmique.

GABRIELLE

En effet, avec vos 50 % de libre arbitre, vous pouvez choisir votre nouvelle répartition d'influence.

ANATOLE

Donc j'avais prévu un scénario de vie future quand j'étais Élisabeth Lougnac pour… le Anatole Pichon à naître ?

CAROLINE

Exactement.

GABRIELLE

Des questions ?

ANATOLE

(se tournant vers le public)

Oui. C'est qui ceux-là ?

GABRIELLE

Ah ça ? C'est le public.

ANATOLE

Un public au Paradis ?

GABRIELLE *(montrant l'assistance)*

Des anges. Ils sont tous libérés du cycle des réincarnations, mais ils viennent assister aux séances de pesée de l'âme pour se distraire.

ANATOLE

J'aurais espéré que cela se passerait à huis clos.

GABRIELLE

Vous avez des choses à cacher ?

ANATOLE

(en défense, regardant la salle avec suspicion)

Non, pas du tout.

Scène 2

CAROLINE, ANATOLE, GABRIELLE, BERTRAND

Gabrielle tape du maillet.

GABRIELLE

Bien, je déclare la séance pour le jugement de l'âme 103-683 ouverte. Nous examinerons sa dernière enveloppe charnelle Anatole Pichon, né en 1947, mort en août 2007 en France. *(S'adressant à Anatole et le fixant dans les yeux.)* Alors monsieur Pichon, que pensez-vous de cette dernière visite sur Terre ?

Bertrand sort un cahier et commence à noter.

ANATOLE

Ma vie ? Eh bien… j'ai été plutôt bon. Bon élève, bon citoyen, bon mari, fidèle, bon père de famille. Généreux pour les étrennes. Catholique allant à la messe tous les dimanches. Bon professionnel estimé de sa hiérarchie et de ses collègues.

Gabrielle semble cocher des cases dans une grille en même temps qu'il parle.

GABRIELLE

Pas de regrets ? Pas de remords ? Pas de déception ?

ANATOLE

Si, je regrette d'être mort si jeune. J'aurais bien encore poursuivi cette splendide existence.

GABRIELLE

Eh bien on va voir précisément en quoi elle était si « splendide », votre existence, mon cher Anatole Pichon.

Elle tourne les pages et semble perdue dans la paperasserie. Soudain elle s'arrête.

GABRIELLE

Quoi !

ANATOLE

Quoi ?

GABRIELLE

Non !

ANATOLE

Qu'est-ce qu'il y a ?

GABRIELLE

C'est pas possible. Deux mille ans que j'attends ça.

ANATOLE

Quoi ?

GABRIELLE

Juge ? Vous étiez juge ?

BERTRAND

J'ai tenté de vous avertir. Le jugement d'un juge… la situation a du piquant.

GABRIELLE

(se recoiffant et tapotant verticalement le dossier comme pour le remettre d'aplomb)

OK, OK, OK… *(Pressée.)* Bien, la parole est à l'accusation.

Bertrand se lève de sa chaise et se place entre les bureaux et la chaise d'Anatole.

BERTRAND

Madame la présidente, mesdames et messieurs les anges du public, je serai bref, nous allons parler de ce qu'il faut bien appeler le « cas Pichon ». Un cas révélateur d'une époque et d'un état d'esprit que je qualifierai d'un mot : pri-mi-tif.

CAROLINE

Objection, votre honneur. Nous jugeons un homme et pas l'état d'esprit d'une époque !

GABRIELLE

Objection accordée. Reprenez, maître.

BERTRAND

Quand on demande à M. Pichon ce qu'il pense de sa vie passée, il répond, je cite : « Bon élève, bon citoyen, bon mari, fidèle, bon père de famille, bon professionnel, bon catholique. » Examinons, je vous en prie, ces points un par un. Premièrement, « bon élève ».

ANATOLE

Parfaitement !

BERTRAND

Anatole a 5 ans lorsqu'il tire violemment les cheveux de son camarade Jérôme Mongin alors âgé de 3 ans. Il le secoue fortement, le projette contre le mur et lui fracasse ainsi une dent. Et ce parce que le bambin lui avait refusé un bonbon.

ANATOLE

Mais nous avons tous fait des trucs comme ça lorsque nous étions enfants !

BERTRAND

Le juge que vous avez été n'est pas sans savoir que le fait qu'un crime soit répandu ne lui enlève en rien son caractère délictueux.

ANATOLE

Quelle preuve ?

BERTRAND

Mais la preuve par l'image, monsieur Pichon.

Bertrand va chercher la télécommande et se lève pour la diriger vers l'écran. Il fait apparaître une photo où l'on voit deux gamins en train de se battre.

BERTRAND

Ici, nous voyons tout. Nous savons tout.

ANATOLE

J'ai moi-même subi ce genre d'agression.

BERTRAND

Cela n'excuse rien. Enchaînons. Donc deuxièmement, « bon mari »...

Il touche la télécommande et projette la photo du mariage. On voit Pichon en smoking à côté d'une femme en robe blanche, l'air sérieux. Elle est très grosse.

GABRIELLE

Oups !

BERTRAND

Comme vous dites, madame la présidente : « Oups. » Voilà Mme Pichon. Et nous pouvons constater qu'elle est quand même...

Il fait une grimace signifiant qu'il la trouve laide.

ANATOLE

Mais je ne vous permets pas !

BERTRAND

Elle a ce qu'on appelle communément un « physique difficile ».

Gros plan sur la femme qui sourit.

CAROLINE

Certes Mme Pichon n'est pas un de ces canons de beauté imposés par les journaux de mode. Ce n'est pas une *(moue dédaigneuse)* de ces mannequins anorexiques russes de 16 ans qu'on voit sur les couvertures des magazines !

GABRIELLE

Il faut quand même reconnaître qu'elle est un peu, comment dire… disgracieuse.

ANATOLE

La notion de beauté est subjective. Pour des gens du Paradis vous êtes durs.

BERTRAND

Pour être au Paradis nous n'en avons pas moins chacun un certain sens de l'esthétique.

ANATOLE

Vous devez savoir qu'on ne juge pas les gens sur leur physique mais sur leur qualité d'âme. C'est quand même pas à moi de vous dire ça !

BERTRAND

Eh bien parlons-en des qualités d'âme de votre dulcinée. Il y a un terme technique pour définir ce genre de cas… *(Il fait semblant de chercher.)* Une « conne ».

CAROLINE *(à Gabrielle)*

Il n'a que ce mot à la bouche.

BERTRAND

L'intérieur est bien le reflet de l'extérieur. Et je peux vous dire que d'ici on voit tout. J'ai lu ses fiches. Ce qu'elle a accompli de plus intéressant dans son existence c'est une charlotte cerises au kirsch. Et un macramé représentant un moulin dans un champ de coquelicots.

ANATOLE

Il n'y a pas de mal à être bonne cuisinière et bonne couturière.

BERTRAND *(à Gabrielle)*

M. Pichon a montré une sorte d'absence de bon goût qui frise l'indécence. Il s'est mis avec une conne patentée aussi intellectuellement développée qu'un pot de moutarde.

CAROLINE

Objection. Je proteste, madame la présidente. Nous ne faisons pas le procès de sa femme !

GABRIELLE

Objection rejetée. Poursuivez, maître.

BERTRAND

Merci, madame la présidente. M. Pichon doit savoir que la fidélité dans le couple est considérée comme une vertu… lorsqu'on a trouvé la bonne personne. Et uniquement dans ce cas. Car comme on le dit, « vivre en couple c'est résoudre ensemble des problèmes qu'on n'aurait pas eus si l'on avait vécu seul ».

Gabrielle tape du maillet.

GABRIELLE

Pas de jugement sur le couple en général !

BERTRAND

M. Pichon a été fidèle à quelqu'un qui ne lui convenait pas. D'ailleurs tous deux s'ennuyaient et s'empêchaient de trouver le bonheur ailleurs. Il aurait mieux fait de la tromper !

CAROLINE

Objection. M. le procureur fait l'apologie de l'adultère !

GABRIELLE

Il a le droit. Je vous rappelle qu'ici nous sommes au-dessus de la morale terrestre, maître. Poursuivez.

BERTRAND

Donc, au nom de valeurs traditionnelles et pour ne pas déroger aux convenances, M. et Mme Pichon se sont interdit ce plaisir élémentaire : aller voir ailleurs pour raviver leur propre couple.

CAROLINE

Objection !

GABRIELLE

Refusée. Continuez, maître.

BERTRAND

Ce n'est pas de la morale, c'est du bon sens. Si nous avons des sexes, c'est pour nous en servir. Or comment voulez-vous être inspiré par ÇA…

Il touche la télécommande et on voit la femme de Pichon en maillot de bain en train de sourire en faisant un mouvement de danse.

ANATOLE

Je proteste ! J'en ai marre d'entendre insulter ma femme !

BERTRAND

Je vous l'ai dit, les valeurs du Paradis ne sont pas les mêmes que celles de la Terre. Le mariage a été établi pour forcer l'homme à reconnaître ses enfants et ainsi limiter les bâtards et les orphelins.

GABRIELLE

Ce sont en effet des problèmes de stabilité sociale résolus empiriquement.

BERTRAND

Le devoir de fidélité a été établi pour qu'il n'y ait pas de femmes abandonnées incapables de subsister seules, sachant que longtemps les métiers rémunérateurs leur étaient interdits. Être fidèle à une personne qui ne vous convient pas, c'est gâcher sa vie et gâcher la vôtre.

ANATOLE

Il va bientôt me faire le reproche de ne pas avoir fréquenté les putes !

BERTRAND

Ne vous fiez pas aux étiquettes. Il y a des prostituées généreuses.

CAROLINE

Tu as l'air de bien connaître le sujet.

BERTRAND *(reprenant)*

Des prostituées généreuses… ET des épouses vénales *(en fixant Caroline).*

GABRIELLE

Nous sortons du sujet !

BERTRAND

Je disais donc : premièrement « bon élève », deuxièmement « bon mari », troisièmement M. Pichon se dit « bon professionnel ». *(Il rit.)* Je me marre. Bon professionnel !!!!!! M. Pichon était juge. Mais quel juge !

ANATOLE

Un juge très respecté. J'ai traité des milliers de dossiers.

BERTRAND

Un juge qui traitait beaucoup de dossiers, c'est vrai. Trop peut-être. Et surtout trop vite.

Il passe une image où l'on voit Pichon en juge dans un décor de tribunal.

BERTRAND

Monsieur Pichon, vous rappelez-vous le procès Mandelier ?

ANATOLE

Heu non, pas vraiment.

BERTRAND

Une infirmière rouquine avec un accent provençal, ça ne vous rappelle rien ?

ANATOLE

Heu non.

BERTRAND

Vous l'avez condamnée à treize ans de réclusion criminelle pour avoir mis fin aux souffrances d'un cancéreux en stade terminal.

ANATOLE

Oui, peut-être… j'ai appliqué la loi… tuer est un crime quelles que soient les circonstances.

BERTRAND

Vous avez appliqué la loi des hommes. Il y a des lois qui sont au-dessus des lois : la compassion, la pitié face à la douleur d'autrui… *(Cherchant dans ses papiers.)* Et l'affaire Tokugawa, monsieur Pichon ? Cela ne vous rappelle rien ?

ANATOLE

Heu… le cannibale japonais ?

BERTRAND

Il avait mangé sa fiancée. Takashi Tokugawa a fait des aveux. Et vous l'avez relaxé !

ANATOLE

J'avais reçu des pressions. Si je me souviens bien, son père était ambassadeur.

BERTRAND

La justice est censée être indépendante.

ANATOLE

Il y a parfois des exceptions à la règle.

BERTRAND

Des « exceptions à la règle » ?... C'est quoi votre justice, monsieur Pichon ? Nous l'avons reçue ici, l'âme de cette jeune fille mangée par ce Japonais fou ! Nous les accueillons, vos erreurs de justice ! *(Fulminant.)* Et si vous saviez dans quel état karmique elles nous arrivent, vos erreurs de justice !!!!!!

GABRIELLE

Calmez-vous, maître.

Un instant de silence.

ANATOLE

Les prisons sont bondées. Et puis ceux qu'on met en prison peuvent avoir une influence néfaste sur les autres détenus. Alors un cannibale...

BERTRAND

Quel prétexte pour justifier l'injustifiable ! Treize ans pour une infirmière compatissante, la liberté pour un tueur pervers. Pour elle il y avait donc de la place dans vos prisons bondées ? Saviez-vous, monsieur Pichon, que M. Takashi Tokugawa a récidivé l'année suivante sur une autre jeune fille de 17 ans ?

ANATOLE

Je l'ignorais.

BERTRAND

Continuons. Quatrièmement, « bon citoyen ». Vous savez, monsieur Pichon, ici nous voyons tout ! Et tout est consigné dans votre dossier là *(secouant le dossier)*…

CAROLINE

Ce ne sont que des broutilles !

BERTRAND

M. Pichon a grillé 873 feux rouges, il a commis 1 525 excès de vitesse, délits pour lesquels je tiens à préciser qu'il n'a reçu aucune sanction.

ANATOLE

La police ne m'a pas vu.

BERTRAND

La police non, mais nous oui.

Il montre une photo de Pichon au volant en train de grimacer de plaisir.

BERTRAND

3 175 conduites en état d'ivresse, 5 875 insultes à d'autres automobilistes, 17 334 gestes obscènes, 85 000 refus de priorité, et cela ne concerne que votre comportement de citoyen-automobiliste. Enfant, vous avez mis le feu à 15 boîtes aux lettres, crevé 26 pneus, incendié 11 voitures pour fêter le Nouvel An. Et je ne parle pas des fois où vous avez uriné ou fait des graffitis sur des bâtiments publics. Bel exemple pour un fonctionnaire de justice !

CAROLINE

Je proteste : on ne peut accuser mon client de crimes commis alors qu'il était mineur.

BERTRAND

Cinquièmement, « bon père de famille » dites-vous ? Combien de temps passiez-vous avec vos enfants ?

ANATOLE

Ils ont eu droit à une éducation exemplaire. Cela m'a coûté très cher. Je leur ai payé les meilleures écoles privées.

BERTRAND

Je ne vous parle pas d'argent, je vous parle d'amour. Je ne vous parle pas d'études, je vous parle de temps passé à leur côté. Une heure. Deux heures. Par jour. Par semaine, par mois. Par an ?

ANATOLE

Mon travail ne me laissait pas beaucoup de temps. Et puis je voulais qu'ils soient autonomes.

BERTRAND

Comme ça ?

Il appuie sur la télécommande. On voit la photo d'une fille gothique, les cheveux en crête de Huron mauve, avec des piercings aux sourcils et dans la joue, en train de faire un doigt d'honneur.

ANATOLE

Comme vous le voyez, je les ai laissés libres de leurs choix.

BERTRAND

Savez-vous que votre… Marie-Françoise pratique des cérémonies sataniques et qu'elle se drogue ?

ANATOLE

Alors quoi ? J'aurais dû la frapper ?

BERTRAND

Pour ça, rassurez-vous, son copain alcoolique actuel la bat régulièrement.

GABRIELLE

Par moments un peu d'autorité ne peut pas nuire.

Bertrand appuie de nouveau et on voit le fils. C'est un type très gros qui serre sa mère, très grosse elle aussi.

BERTRAND

Et voilà le fiston, Alexandre : 145 kg de tendresse tournée vers... sa mère ! Nourri aux bonbons, aux frites, aux sodas et aux hamburgers. À 27 ans, il est toujours puceau.

ANATOLE

Alexandre a toujours été gourmand et timide.

BERTRAND

Femme malheureuse, enfants à l'abandon, innocents jugés à la va-vite, coupables libérés. Ce ne sont pourtant, comme dit mon client, que des « délits mineurs », j'ai gardé le meilleur pour la fin. Ou plutôt le pire. La plus grande victime de M. Pichon.

ANATOLE

Qui donc ?

GABRIELLE

Qui ?

BERTRAND *(affichant un air satisfait)*

Mais lui-même, madame la présidente !

ANATOLE

Moi ?

BERTRAND

Vous.

ANATOLE *(cherchant)*

Ah, vous allez encore me reprocher mes trois paquets de clopes ?

BERTRAND

Non, monsieur Pichon, je ne vous parle pas de tabac, je parle de votre talent.

ANATOLE

Mon talent ?

BERTRAND

Le théâtre, monsieur Pichon, le théâtre ! *(Il se tourne vers Gabrielle.)* J'ai bien étudié le dossier de M. Pichon. Vite mais bien. Au lycée, l'élève Anatole Pichon crée un club théâtre. Il joue Molière, Feydeau, Labiche… Dès qu'il entre en scène il est un autre homme. Il fait rire, il émeut. On l'applaudit.

Bertrand manipule la télécommande et on voit apparaître un jeune homme en tenue de scène qui salue sous les feux de la rampe. Au premier plan on voit des gens qui applaudissent. Gabrielle jette un regard interrogatif à Caroline.

BERTRAND

Ensuite, à l'université, il poursuit sa passion. Il met en scène, il imagine des décors, des costumes, des masques !

ANATOLE

C'était une manière de me détendre après les études.

BERTRAND

D'ailleurs par la suite, M. Pichon passe ses soirées, comme par hasard, où ? Au… théâtre. Quand il ne préside pas les tribunaux, il délaisse sa femme et ses enfants pour suivre les festivals de théâtre. Ses vacances, M. Pichon les passe en Avignon ! Et il ne rate aucun spectacle.

ANATOLE

Où voulez-vous en venir ? Y a-t-il quelque chose de mal à aimer le théâtre ?

BERTRAND *(changeant de physionomie)*

Ce qu'il y a de mal c'est que, précisément, vous n'en ayez pas fait votre métier.

ANATOLE *(avec une mimique étonnée)*

Acteur ?

BERTRAND

Parfaitement. Car je vais vous l'apprendre, monsieur Pichon, votre ancienne réincarnation avait inscrit cela dans votre parcours idéal. La Libellule elle-même adorait le théâtre.

Caroline se lève et, perturbée, pique l'unique dossier, qu'elle commence à consulter.

BERTRAND

Elle avait même ouvertement formulé, je cite : « Dans ma prochaine vie je veux être applaudie pour ce que je dis et non pour l'exhibition de mon corps. »

ANATOLE

Vraiment ?

BERTRAND

Vous aviez un parcours aux petits oignons pour devenir une vedette.

ANATOLE

C'est un métier trop aléatoire. Sur quinze mille acteurs il n'y en a pas plus d'une centaine qui jouent régulièrement. Vous le savez comme moi.

BERTRAND

Vous auriez été LE MEILLEUR !

CAROLINE *(avec le dossier toujours en main)*

Objection, votre honneur. Bertrand exagère. Je lis le dossier avec attention et je constate que mon client était certes bon acteur, mais certainement pas le meilleur. Il avait régulièrement des trous de mémoire. Il a plusieurs fois raté des effets, savonné les phrases un peu longues et surtout il avait tendance à surjouer. Ce qui le rendait souvent peu crédible.

BERTRAND

Il aurait été… formidable !

CAROLINE

Un cabotin, tout au plus.

BERTRAND

Extraordinaire !

CAROLINE

Un médiocre !

BERTRAND

L'acteur français de sa génération. Reconnu partout dans le monde.

GABRIELLE

Attendez, attendez, n'inversez pas les rôles. Madame l'avocate, je vous rappelle que vous êtes là pour valoriser votre client.

Bertrand arrive discrètement près de Caroline et lui pique d'un coup le dossier.

ANATOLE

Comment aurais-je pu démarrer ?

BERTRAND

Tout aurait été simple. Vous auriez eu rapidement des soutiens. Les producteurs auraient fait la queue. Vous seriez devenu la coqueluche des critiques. Le public vous aurait adulé. Vous auriez voyagé. Le monde vous attendait !

ANATOLE

Personne n'est indispensable. Et puis ils ont eu Depardieu…

BERTRAND

Bien moins bon que vous. Lui, il avait une place réservée comme électricien à Châteauroux. Il a occupé votre place et vous avez occupé celle d'un juge.

ANATOLE

Je vois, c'est comme dans les parkings… on a chacun sa place réservée ?

BERTRAND

Monsieur Pichon, vous vous êtes trompé de femme, trompé de métier, trompé de vie ! Vous avez abandonné votre scénario d'existence idéal par… conformisme ! Vous vouliez juste faire comme tout le monde. Vous avez ignoré votre propre destin exceptionnel.

ANATOLE

Je croyais qu'on avait notre libre arbitre et que rien n'était écrit.

BERTRAND

25 % de karma ! C'était le scénario d'Élisabeth Lougnac pour réussir idéalement votre vie. Vous auriez gagné sur tous les tableaux. En bas comme acteur célèbre, et ici comme âme réalisée.

GABRIELLE

Soyez concis, monsieur le procureur, soyez concis.

BERTRAND

Je synthétise, madame la présidente. En délaissant la pratique du théâtre, l'accusé n'a pas fait que négliger son talent majeur, il a aussi raté sa grande histoire d'amour.

CAROLINE *(moqueuse)*

« Sa grande histoire d'amour » ! Tout de suite les grands mots ! N'exagérons rien.

BERTRAND

Ne m'interrompez pas, maître.

CAROLINE

Par votre vocabulaire excessif, vous tentez d'influencer Mme la présidente.

BERTRAND *(avec un regard dur)*

Oh ça va, Caroline ! Pendant quarante ans tu m'as fait chier sur terre. Tu ne vas pas continuer à me…

CAROLINE

Le procureur a toujours eu beaucoup de mal à se maîtriser.

GABRIELLE *(tapant du maillet)*

Je vous en prie, rien de personnel, rien de PERSONNEL. Revenons à l'affaire Pichon.

BERTRAND *(se ressaisissant)*

Donc comme je disais... une grande histoire d'amour ! Rappelez-vous le club théâtre de votre lycée.

Anatole fait mine de se remémorer et approuve.

BERTRAND

Vous souvenez-vous d'une comédienne qui jouait souvent avec vous et qui avait la particularité d'avoir toujours des chemisiers de couleur... mauve, et des yeux exactement de la même couleur ?

ANATOLE

Solange ?

Bertrand touche la télécommande et l'on voit une actrice très mignonne en costume.

BERTRAND

Exactement. Solange était votre moitié d'orange. Vous la trouviez sympathique sur les planches du lycée ? Vous l'auriez trouvée fabuleuse une fois devenue professionnelle.

ANATOLE

Solange ?

BERTRAND

Et vous l'auriez trouvée encore plus extraordinaire en l'épousant.

ANATOLE

Solange… Qu'est-elle devenue ?

BERTRAND

Pas grand-chose. Elle a essayé d'être actrice, mais dans son parcours vous étiez nécessaire à sa révélation. Elle a tourné dans quelques téléfilms.

Il appuie sur la télécommande. Il fait défiler des photos. On la voit jeune.

BERTRAND *(attendri)*

Qu'elle est belle !

On la voit en couple.

BERTRAND

Puis elle s'est mariée elle aussi avec un type… qui ne lui convenait pas. Elle a toujours gardé votre photo dans son portefeuille. Et à l'heure qu'il est, elle fait toujours l'amour avec son mari… en pensant à vous !

ANATOLE

Comment pouvez-vous le savoir ?

BERTRAND

Ici on voit tout, on sait tout.

Puis on voit Solange plus âgée en train de faire l'amour avec un homme âgé lui aussi.

BERTRAND

Ne la trouvez-vous pas encore magnifique ?

ANATOLE *(baissant la tête)*

Elle est encore superbe. J'étais persuadé que si je tentais de l'aborder elle me rejetterait.

BERTRAND

Ne pas essayer par peur d'échouer, ici c'est très mal vu !

ANATOLE

J'étais timide.

BERTRAND

Ce n'est pas une excuse. Votre couple aurait été d'une harmonie parfaite. Mais monsieur n'a même pas essayé !

CAROLINE

Mon client est humain. C'est facile de faire la morale quand on a les informations du Paradis.

BERTRAND

Ce n'est pas parce que les choses sont difficiles qu'il ne faut pas les faire, c'est parce qu'on ne les fait pas qu'elles sont difficiles !

Gabrielle réfléchit à la phrase. Bertrand tapote sa tempe de son doigt, signifiant « réfléchissez-y ».

BERTRAND

Donc, pour avoir choisi une vie trop tranquille, trop conventionnelle, pour avoir délaissé son talent naturel, pour avoir raté l'amour de sa vie, je dis que M. Pichon a trahi. Il a trahi le rêve d'Élisabeth Lougnac. Il s'est donc trahi lui-même.

ANATOLE

Mais je…

BERTRAND *(tranchant)*

Comme dit la Bible : « Au jugement dernier il ne te sera posé qu'une seule question : qu'as-tu fait de tes talents ? » *(Montrant du doigt Anatole.)* Qu'avez-vous fait de votre talent, monsieur Pichon ? Rien. C'est pourquoi je réclame la peine capitale… la vie !

ANATOLE

La vie ?

GABRIELLE

La parole est à la défense.

CAROLINE

Madame la présidente, je demande une interruption de séance.

GABRIELLE

À quel titre ?

CAROLINE

J'ai besoin de consulter mon client pour éclaircir certains points.

GABRIELLE

Quel genre de points, maître ?

CAROLINE

Cela me gêne de l'évoquer devant la cour. Des choses très intimes.

GABRIELLE

Très intimes ?

CAROLINE

Intimes intimes.

GABRIELLE

Heu… bon. Accordé.

Gabrielle se lève et commence à faire des exercices d'assouplissement puis elle va vers l'écran et l'allume : on y voit des images de la Terre. Pendant ce temps Caroline et Anatole vont dans la zone du lit à droite et commencent à chuchoter.

Scène 3

BERTRAND, GABRIELLE

Bertrand rejoint Gabrielle.

GABRIELLE *(sans le regarder)*

Vous êtes très convaincant.

BERTRAND

Êtes-vous croyante, Gabrielle ?

GABRIELLE *(gênée)*

Quelle drôle de question.

BERTRAND

Eh bien ?…

Elle sourit, semble réfléchir à des souvenirs anciens.

GABRIELLE

Lorsque j'étais sur Terre j'étais très croyante. Ici, évidemment, c'est plus difficile.

BERTRAND

Pourquoi ?

GABRIELLE

Pourquoi ?… Dès qu'on connaît le trucage d'un tour de magie, il devient moins impressionnant.

BERTRAND

Décevant ?

GABRIELLE

Non, pas décevant mais… disons que notre imagination magnifie tout. Le réel est forcément moins fort. Et vous, vous êtes croyant ?

BERTRAND

Cela dépend des jours. Sur Terre, quand je trouvais une place de parking près des Champs-Élysées, je le devenais.

Elle rigole. Un temps.

BERTRAND

Mais c'est à l'approche de la mort, sur mon lit d'hôpital, que j'ai vraiment eu la foi…

GABRIELLE

Par peur ?

BERTRAND *(haussant les épaules)*

Je pressentais qu'après la mort il y aurait une révélation.

GABRIELLE

Moi, quand je suis arrivée ici, je n'avais qu'une idée en tête : rencontrer le Créateur.

BERTRAND

Et alors ?

GABRIELLE *(amusée)*

Tout ce que j'ai rencontré c'est d'autres gens qui le cherchaient.

BERTRAND *(sérieux)*

Vous y croyez, vous, à ce grand Dieu qui contrôle tout ?

GABRIELLE

Ça dépend des jours. Venez voir.

Elle s'avance face au public. Elle semble regarder quelque chose au loin tout au fond de la salle. Bertrand la rejoint, fronce les yeux, met sa main en visière, regardant les spectateurs du fond. Il se tourne vers elle, interrogatif.

GABRIELLE

Par moments j'ai l'impression qu'il est là. Il nous observe.

BERTRAND

« Il » ?

GABRIELLE

Une fois, il m'a semblé voir un œil géant flotter au-dessus de leurs têtes.

Bertrand fait plus d'efforts pour voir, mais ne voit rien.

GABRIELLE

(sur le ton de la confidence)

Je crois qu'il vient incognito assister à la pesée des âmes. Par pure curiosité. Je le soupçonne d'être un peu voyeur.

La lumière s'éteint brutalement.

GABRIELLE

Zut, les plombs ont encore sauté !

La lumière revient. Gabrielle a l'air un peu perturbée par l'événement mais se reprend vite. Elle regagne sa place et regarde sa montre.

GABRIELLE

Bon, où en est la défense ?

Elle tape du maillet. Anatole et Caroline arrivent en se chuchotant des choses à l'oreille.

Scène 4

CAROLINE, ANATOLE, GABRIELLE, BERTRAND

Caroline vient se placer face à Gabrielle entre Bertrand et Anatole.

GABRIELLE

Vous avez la parole, maître.

CAROLINE

Avant tout je voudrais vous rappeler que M. Pichon n'était qu'un homme.

GABRIELLE

Oui… et alors ?

CAROLINE

En tant que simple mortel, ses choix ont été les mêmes que ceux de millions d'autres.

GABRIELLE

Où voulez-vous en venir, maître ?

CAROLINE

Ses choix ont été dictés par le souci de bien faire. *(Elle mime en pesant d'une main puis en équilibrant avec l'autre.)* La fidélité plutôt que la tromperie. La vérité plutôt que le mensonge. La famille plutôt que la consommation de prostituées. Et par voie de conséquence, le travail sérieux plutôt que les professions artistiques aléatoires.

BERTRAND *(narquois)*

La lâcheté plutôt que le courage. Le confort plutôt que la prise de risque.

CAROLINE

Je ne vous ai pas interrompu !

BERTRAND

Les humains essaient de réduire leur malheur plutôt que de construire leur bonheur.

CAROLINE

Ils n'ont pas de perspectives. Ils voient juste tout près devant. Si M. Pichon est coupable, c'est toute une époque et toutes ses conventions qu'il faut condamner avec lui.

ANATOLE *(à Caroline)*

Dites donc, vous êtes sûre que c'est la bonne stratégie de défense ?

CAROLINE

Faites-moi confiance.

CAROLINE

Madame la présidente, j'ai été l'ange gardien de M. Pichon et je peux vous dire que les actes de bravoure de mon client sont multiples ! *(Elle cherche dans le dossier puis marque un air satisfait.)* Des risques ? Anatole Pichon en a pris. Il a pratiqué le parachutisme, l'alpinisme, le ski, souvent à vive allure. Parfois même dans le brouillard !

ANATOLE *(chuchotant à son avocate)*

J'espère que vous avez d'autres arguments…

CAROLINE *(cherchant encore dans ses papiers)*

J'ai ici la liste de plus de 5 281 B.A. accomplies par mon client.

BERTRAND

5 281 ?

CAROLINE

Parfaitement. 5 281 bonnes actions. Il a donné l'aumône à des mendiants. Il a aidé des aveugles à traverser. Il a cédé sa place dans les transports en commun. Quoi encore ? Ah oui. Secouru deux blessés de la route. Accordé des dons à des associations de bienfaisance.

BERTRAND *(moqueur)*

Pfff…

CAROLINE

Parfaitement. Les Orphelins de la police. Les Amateurs de vin de Bordeaux. L'Automobile Club. Le Rotary. Le… Club des derniers résistants aux lois anti-tabac. Pour n'en citer que quelques-uns.

Bertrand lève les yeux au ciel. Elle consulte ses papiers.

CAROLINE

L'accusation a oublié de préciser qu'il a épousé Mme Pichon parce qu'il l'avait mise enceinte. Plutôt que de la contraindre à l'avortement, il a courageusement assumé son orgasme et décidé d'élever cet enfant alors que rien ne l'y obligeait.

ANATOLE

En effet.

CAROLINE *(fouillant dans les feuilles)*

M. Pichon avait 25 ans lorsqu'un soir, dans une boîte de nuit, le New Black Paradise, il a rencontré au milieu de la fumée, des lasers, de la musique assourdissante celle qui deviendrait plus tard… Mme Pichon.

Elle prend la télécommande et on voit Mme Pichon en punk, cheveux verts hérissés, piercing dans le nez, une araignée sur l'oreille. Elle a exactement le même sourire que sur sa photo de mariage qu'on a vue précédemment.

BERTRAND *(moqueur)*

C'est vrai que sur cette photo elle est… appétissante.

CAROLINE

M. Pichon est alors subjugué. Il est quatre heures du matin, la fatigue et l'alcool le guident droit vers… les toilettes du New Black Paradise où l'attend celle qui deviendra la mère de ses deux enfants.

ANATOLE

C'est un endroit que j'aimais bien.

CAROLINE *(tranchante)*

Mon client a subi ce soir-là, dans ce lieu de débauche collective, des caresses qui lui ont fait perdre tout contrôle… et ce monstre de perversion *(montrant la femme à l'écran)* a abusé de sa naïveté.

BERTRAND

Quel con.

CAROLINE

C'est de cette nuit que naîtra leur premier enfant : Marie-Françoise.

BERTRAND

En état d'ébriété ?

CAROLINE

Dans l'enthousiasme d'une soirée de fête ! Ils ne s'étaient même pas dit un mot. Ils ignoraient jusqu'à leurs prénoms.

BERTRAND *(sentencieux)*

C'est ainsi que les hommes vivent…

On voit Mme Pichon enceinte.

CAROLINE

À cette époque mon client avait encore un doute sur sa future carrière. *(Attendrie.)* L'enfant né de cette soirée lui ôtera tout choix possible.

BERTRAND *(narquois)*

Démagogie.

CAROLINE

Le devoir d'un père impose des sacrifices. Comment pouvait-il encore envisager une vie de saltimbanque ?

BERTRAND

On se le demande.

Gabrielle lui fait signe de se taire.

ANATOLE

Je devais assurer le quotidien.

BERTRAND

M. Pichon a raté un rendez-vous cosmique qui aurait entraîné une histoire d'amour parfaite entre deux êtres faits l'un pour l'autre, unis dans une même passion artistique.

CAROLINE

Je tiens à rappeler que dans le domaine amoureux, tout est proposé, rien n'est imposé. M. Pichon a préféré l'amour d'une femme honnête à l'aventure avec une *(moue)* actrice.

BERTRAND

Qu'est-ce que vous avez contre les actrices ?

CAROLINE *(narquoise)*

Ego surdimensionné, narcissisme, instabilité psychique, perversion sexuelle, cocaïnomanes, héroïnomanes…

BERTRAND

Nymphomanes ?

CAROLINE

Nymphomanes. Mythomanes.

GABRIELLE *(tapant du maillet)*

Ne nous éloignons pas du sujet qui nous préoccupe aujourd'hui, maître.

CAROLINE

On reproche à mon client de ne pas avoir utilisé son don artistique ? Êtes-vous sûrs qu'il ne l'a pas utilisé ? Il l'a utilisé. À sa manière. En costume. Non pas de scène, mais de prétoire. Devant un auditoire non pas de spectateurs mais de curieux, de prévenus et de victimes.

BERTRAND *(à Gabrielle)*

Par moments elle m'impressionne.

CAROLINE

En quoi un juge sur Terre serait-il différent d'un juge au Ciel ? Il cherchait la vérité comme nous-mêmes, aujourd'hui, nous essayons de la trouver.

ANATOLE

(changeant d'intonation, agréablement surpris)

C'est vrai.

CAROLINE

Ne croyez-vous pas qu'il a eu ses instants de doute ? La peur de condamner à tort ?

ANATOLE *(de plus en plus sûr de lui)*

C'est vrai. Parfois j'en dormais pas la nuit.

CAROLINE

Il a envoyé certes quelques innocents en prison, monsieur le procureur, mais combien de vrais coupables a-t-il expédiés dans ces mêmes prisons ? Des centaines, des milliers.

ANATOLE

C'est vrai !

Gabrielle se tourne vers Bertrand.

CAROLINE

Je vous le dis, madame la présidente : que celui qui ne s'est jamais trompé de verdict lui jette la première pierre.

Gabrielle regarde la salle comme si elle voulait vérifier que tout le monde est bien angélique.

GABRIELLE *(à Caroline et Bertrand)*

L'affaire est complexe. Nous devons nous retirer un instant. Je demande une interruption de séance de quelques minutes.

Gabrielle et Bertrand sortent côté jardin. Caroline guide Anatole vers le lit à baldaquin.

Scène 5

CAROLINE, ANATOLE

Anatole hésite, puis revient comme un enfant qui n'arrive pas à dormir.

CAROLINE

Quoi ?

ANATOLE

J'aimerais voir ce qui arrive à ma dépouille.

Caroline prend la télécommande et sur l'écran on voit l'enterrement d'Anatole. Une procession avance. Les gens viennent les uns après les autres devant sa tombe. Le prêtre fait un discours.

VOIX OFF DU PRÊTRE

… une perte immense pour sa famille et ses amis.

ANATOLE

(se tournant vers Caroline, un peu ému)

Vous entendez ?

VOIX OFF DU PRÊTRE

… bon père de famille, bon juge, bon paroissien…

ANATOLE

C'est pas moi qui l'invente.

VOIX OFF DU PRÊTRE

… il venait souvent se confesser à la paroisse. C'était un homme de bien qui n'avait rien à se reprocher.

ANATOLE

(la larme à l'œil puis se mouchant)

Les pauvres… comment vont-ils faire pour vivre sans moi ?

Scène 6

CAROLINE, ANATOLE, GABRIELLE, BERTRAND

Bertrand et Gabrielle reviennent. Caroline éteint l'écran, Anatole veut la retenir mais elle fait un geste comme si la récréation était terminée.

ANATOLE *(essuyant ses larmes)*

C'était beau… Quelle dignité. Un enterrement comme on aimerait en voir plus souvent.

CAROLINE *(compatissante)*

Ressaisissez-vous.

ANATOLE

Cela valait le coup de venir là, ne serait-ce que pour voir ça. C'est la première fois que je vois ma famille rassemblée au complet. Tous les collègues du palais. J'ai même entendu ma femme dire que sans moi sa vie ne serait plus pareille.

BERTRAND *(ironique)*

Quand se remarie-t-elle ?

CAROLINE

Bertrand !

ANATOLE

Ma fille m'a demandé de lui faire un signe depuis l'au-delà. *(Ému, il s'arrête.)* Je ne savais pas que j'étais à ce point important pour eux.

BERTRAND *(ironique)*

« Un être vous manque et tout est dépeuplé. »

ANATOLE *(soupirant)*

Il n'y aura plus jamais d'Anatole Pichon.

BERTRAND

Excusez-nous, mais ici évidemment la mort des autres nous touche moins. C'est un peu comme une carcasse de voiture accidentée qu'on apporte au ferrailleur. C'est de la matière à recycler, pas de l'esprit.

GABRIELLE *(tapant du maillet)*

Bien, monsieur Pichon… La cour après délibération a tranché.

Anatole se reprend, alors que Caroline l'invite à se placer à la barre.

GABRIELLE

À la question « L'accusé a-t-il oublié son talent ? » la réponse est oui. À la question « L'accusé a-t-il raté sa grande histoire d'amour ? » la réponse est oui.

Agacement d'Anatole.

GABRIELLE

À la question « L'a-t-il fait consciemment ? » la réponse est non.

Soulagement d'Anatole.

GABRIELLE

À la question « A-t-il bien éduqué ses enfants ? » la réponse est *(en aparté à Anatole)* je suis désolée… non.

Changement de mimique d'Anatole.

GABRIELLE

À la question « A-t-il eu raison d'être fidèle ? » la réponse est non. À la question « A-t-il été un bon juge ? » la réponse est oui. Enfin à la question « L'accusé a-t-il eu une vie suffisamment spirituelle pour être libéré du devoir de renaître ? » la réponse est…

Anatole la fixe avec inquiétude. Ils se fixent tous les deux. Et elle baisse le regard.

GABRIELLE

Non.

Soupir général.

GABRIELLE

Le verdict est donc : la vie.

Anatole reste hébété, puis tout d'un coup explose.

ANATOLE

NON !!!!

Gabrielle tape du maillet.

GABRIELLE

L'accusé est donc condamné à se réincarner, le plus rapidement possible, dans un fœtus sur terre. Il perdra la mémoire de ce tribunal et de sa vie précédente.

ANATOLE

Nonnn !

CAROLINE *(chuchotant)*

Reprenez-vous, ce n'est pas si grave. Un peu de tenue.

GABRIELLE

Il recommencera une existence avec l'objectif de faire mieux dans cette prochaine vie.

ANATOLE

NOOOOONNNNN !

GABRIELLE

La cour a statué. L'affaire est classée.

ANATOLE

Non ! Je refuse le verdict. Je ne veux pas revenir sur Terre.

BERTRAND

Tout à l'heure, vous vouliez rentrer.

ANATOLE

Je voulais rester Anatole Pichon. Je ne veux pas devenir quelqu'un d'autre.

BERTRAND *(philosophe)*

Ce que les gens peuvent être réfractaires à la nouveauté…

ANATOLE

Je m'appelle Anatole Pichon. Et je ne veux pas mourir.

CAROLINE

Qui vous parle de mourir ? On vous parle de renaître.

ANATOLE

(buté comme un enfant)

Je ne veux pas renaître !

CAROLINE *(à Gabrielle)*

Laissez-moi parler à mon client.

Gabrielle la toise.

GABRIELLE

Je m'en charge.

Elle fait signe à Caroline et Bertrand de partir. Ils se mettent dans un coin à gauche, côté jardin. Gabrielle prend Anatole par le bras et le tire vers la droite.

ACTE III

Préparation à la prochaine vie

Scène 1

GABRIELLE, ANATOLE

GABRIELLE

Allons, monsieur Pichon. Qu'est-ce qui ne va pas ?

ANATOLE

En fait je ne veux pas revenir sur Terre. Vous avez raison, la Terre c'est l'Enfer. On est ignorant, on ne comprend rien. Ici, tout est clair.

GABRIELLE

Sans doute, monsieur Pichon… mais… ici on ne peut pas agir sur la matière.

ANATOLE

Je m'en passe bien volontiers. Pour les quelques plaisirs que rapporte la chair : rhumatismes, hémorroïdes, ulcères !

GABRIELLE

Vous n'aimeriez pas travailler ici. Nous sommes surchargés par les cadences infernales. Pas de pause, pas de nuit. Pas de retraite. Pas de syndicat. Pas de coupure déjeuner. Je peux vous dire qu'à la longue – et cela peut durer des siècles – ça finit par être exaspérant.

ANATOLE

Revenir sur Terre, c'est redevenir humain, donc ignorant. Je me suis trompé. Et je me tromperai encore dans la vie suivante.

GABRIELLE

Mais non, vous allez voir, on va choisir ensemble une trajectoire idéale pour votre prochaine vie.

ANATOLE

Je veux rester ici.

GABRIELLE

Arrêtez de faire l'enfant. Oh et puis ce n'est pas donné à tout le monde. Être ici, cela se mérite. J'ai été mangée par des lions, moi.

ANATOLE

Et moi par un… crabe. Mon cancer du poumon, vous croyez que c'était une promenade de santé ? C'est un ennemi bien plus sournois. Il se planque bien au fond de vous. Ça dure des années. C'est pas dix minutes entre les canines d'un fauve.

GABRIELLE

Vous ne pouvez pas comparer. Le cancer est la punition logique du fumeur vicieux que vous avez été.

ANATOLE

C'était facile de ne pas fumer dans la Rome antique : il n'y avait pas de cigarettes ! À mon époque… les publicités vous sollicitaient partout. Et je ne vous parle pas de l'inscription « Fumer tue » qui quand vous l'outrepassez vous donne l'impression d'être un héros.

GABRIELLE

On aura tout entendu !

ANATOLE

Je veux rester ici. Je vous trouve tellement sympathiques. Et puis tout a l'air plus simple ici. Je ne vous gênerai pas. Je me mettrai dans un coin.

GABRIELLE

Soyez raisonnable, monsieur Pichon. Votre nervosité peut créer des problèmes à la naissance. Vous risqueriez de vous étouffer avec le cordon ombilical.

ANATOLE

Parfait. Comme ça je reviendrai plus vite ici.

GABRIELLE

N'y comptez pas. Vous repartiriez aussitôt dans un autre fœtus.

ANATOLE

Je veux rester là.

GABRIELLE

Vous êtes exaspérant. Votre femme a dû avoir beaucoup de patience.

Un temps. Il l'observe et sourit.

ANATOLE

Pour tout dire... depuis tout à l'heure je vous observe et je vous trouve de plus en plus... désirable.

GABRIELLE

Pardon ?

ANATOLE

Vous êtes tellement...

GABRIELLE

Monsieur Pichon !

ANATOLE

Vous êtes...

GABRIELLE

Arrêtez ! Vous êtes indécent !

Il s'approche imperceptiblement, elle recule.

GABRIELLE

Je ne vous autorise pas.

ANATOLE

Vous êtes encore plus ravissante quand vous êtes en colère.

GABRIELLE

Vous êtes fou.

ANATOLE

Oui, de vous.

Il approche encore, elle recule. Enfin elle est coincée par le bureau. Il s'avance d'un coup et lui prend la main qu'il commence à embrasser, remontant sous sa toge.

GABRIELLE *(troublée)*

Vous n'avez pas le droit.

ANATOLE

L'amour est LA loi au-dessus de toutes les lois.

Il la serre un peu plus.

GABRIELLE

Je vous interdis.

ANATOLE

(lui mettant le doigt sur la bouche)

Chut !

Il la tire vers le lit à baldaquin.

GABRIELLE

Nous sommes au Paradis ! Ça ne se fait pas !

ANATOLE

Si c'est vraiment le Paradis, ça se fait forcément.

Gabrielle hésite puis se laisse entraîner. Il tire les rideaux et on entend remuer derrière.

Scène 2

CAROLINE, BERTRAND

Caroline et Bertrand reviennent. Bertrand s'approche, engageant.

CAROLINE

Ne me touche pas !

BERTRAND

Pourquoi ne reprendrions-nous pas tout à zéro ?

CAROLINE *(narquoise)*

Te pardonner ?

BERTRAND

Si nous ne sommes pas capables de mettre un peu de pardon au Paradis, c'est désespérant.

Il s'approche encore. Elle le repousse.

CAROLINE

Trop facile.

Il s'approche et elle se laisse saisir par les hanches mais à ce moment on entend des cris en provenance du lit à baldaquin.

Scène 3

CAROLINE, ANATOLE, GABRIELLE, BERTRAND

GABRIELLE

Non !

Elle sort ébouriffée.

ANATOLE

Pourquoi non ?

GABRIELLE

Excusez-moi, je ne sais pas ce qui m'a pris. Un instant de faiblesse.

ANATOLE

Je veux rester vivre ici avec vous. Vous manquez de juges ? Je m'engage à vos côtés.

GABRIELLE

Vous avez été condamné. Si vous voulez rester avec moi ici, il faudrait déjà que vous ayez une vie exemplaire. Au moins une. Soyez le héros de votre prochaine existence et tout deviendra possible.

Il la regarde amoureusement. Elle le regarde avec une intensité différente.

ANATOLE

La Terre est ma prison. Y a-t-il un parloir où nous pourrons communiquer de temps en temps ?

Gabrielle fait un signe d'ignorance. Caroline et Bertrand les rejoignent.

GABRIELLE

Essayez les voyantes…

CAROLINE

Mais choisissez-les bien. Il y a beaucoup de charlatans.

BERTRAND *(moqueur)*

Et quelques durs d'oreille qui comprennent tout de travers.

GABRIELLE

(remettant sa toge bien droite, gênée)

Assez perdu de temps. Passons aux dernières petites formalités d'usage.

Scène 4

CAROLINE, ANATOLE, GABRIELLE, BERTRAND

Gabrielle sort un dossier.

GABRIELLE

Alors commençons par le commencement. Vous voulez être un homme ou une femme ?

ANATOLE

Ah ? On peut choisir ?

BERTRAND

Si vous êtes une femme, vous aurez une période de séduction qui atteindra son apogée vers 25 ans mais qui ne fera que décroître avec l'âge.

CAROLINE

Quel mufle ! Si vous êtes une femme, vous vivrez plus longtemps.

BERTRAND

Si vous êtes un homme, vous vous en foutrez de vivre plus longtemps… Vous aurez plusieurs partenaires.

CAROLINE

Si vous êtes une femme, vous vous en foutrez d'avoir plusieurs partenaires, vous pourrez ressentir une émotion que ne connaît aucun homme *(jetant un regard dur à Bertrand)* : aimer. Et je ne parle pas de quantité mais de qualité !

BERTRAND *(haussant les épaules)*

En homme vous baiserez, même très vieux, jusqu'à votre dernier souffle.

CAROLINE

En femme vous aurez des orgasmes multiples. Et dix fois plus intenses que ceux d'un homme.

BERTRAND

Ça dépend quand même pas mal du bonhomme.

CAROLINE

C'est physiologique. Une femme a dix fois plus de capteurs nerveux répartis sur le corps. Chez l'homme tout est concentré… au même endroit.

BERTRAND

Qu'est-ce que cela change ? De toute façon c'est l'homme qui a le pouvoir.

CAROLINE

Tu en es encore là, mon pauvre Bertrand !

BERTRAND

Bien sûr. *(À Anatole.)* Vous aurez plus facilement un travail.

CAROLINE

Vous pourrez avoir des congés maternité.

BERTRAND

Et ce serait un avantage professionnel ? Quelle mentalité !

CAROLINE

En tant qu'homme vous devrez faire la guerre ! Risquer la mort, la mutilation, la torture.

BERTRAND

Parlons-en de torture. En tant que femme vous accoucherez dans la douleur. Les os du bassin écartelés ! Vous aurez l'impression qu'on vous éventre.

CAROLINE

Vous donnerez le sein. C'est une sensation extraordinaire.

BERTRAND

Vous resterez à la maison à torcher les gosses.

CAROLINE

Vous serez belle. Une femme c'est doux, c'est beau, c'est lisse, ça sent bon.

BERTRAND

Un homme c'est fort. Pour les déménagements, c'est pratique. En plus, un homme, ça sait bricoler.

CAROLINE

Une femme sait faire la cuisine.

BERTRAND

Un homme sait se battre.

CAROLINE

Un homme c'est brutal. C'est sale, ça pue. Ça a des poils partout. Ça laisse traîner les chaussettes, ça oublie de se laver, ça a mauvaise haleine.

BERTRAND

On appelle cela de la virilité ! Une femme ça pleure tout le temps, ça fait des dépressions, c'est anorexique, suicidaire, capricieux.

CAROLINE

Parce que c'est sensible !

BERTRAND *(narquois)*

« Sensible » ! C'est vrai… Ça s'extasie devant une machine à laver. Ça aime traîner des heures dans des magasins de chaussures. Ça frétille de bonheur à l'idée de passer la matinée chez son coiffeur !

CAROLINE

Un homme ça s'extasie devant une voiture. Ça reste des heures devant la télévision à regarder un match. Ça frétille de bonheur à l'idée de passer la soirée à jouer au poker ! *(Elle cherche un autre argument.)* De toute façon la femme est le futur de l'humanité…

Anatole hésite.

ANATOLE

Je crois quand même que je vais rester un homme.

BERTRAND

Le bon sens.

GABRIELLE

Bien. Donc petit un : homme. Reste à choisir la nationalité. Vous avez déjà passé deux vies en France…

ANATOLE

Ah bon, je peux renaître où je veux ?

GABRIELLE

Cela dépend des disponibilités parentales. Il faut que je voie avec ma collègue.

Elle décroche le téléphone et s'apprête à prendre des notes.

GABRIELLE

Allô, Juju ? Ouais, non, toujours l'affaire Pichon… ouais… ouais… Qu'est-ce qui est disponible en ce moment ? Mmmh… Mmmhh. Turquie ? Mmhh… Mmmm… *(Elle note.)* Burkina Faso. Mmhh… Mmmm… Colombie. Hum. Pérou. Mmhh… Mmmm… Oui, la Chine bien sûr, il y en a toujours.

Mmhh… Mmmm… Ah, il reste du Las Vegas ? OK. Très bien, merci. Je te rappelle.

Elle raccroche et se tourne vers Anatole.

GABRIELLE

Bon. Il faut que je vous explique : votre âme va se réincarner dans un fœtus quelques secondes avant sa naissance. Donc il faut choisir en fonction des ventres prêts à donner la vie à un garçon. Vous avez de la chance, il y en a pratiquement dans tous les continents. Tiens… nous avons même des produits rares : un fils de maharadja à naître à Genève, un fils de dictateur en République démocratique du Congo et, sous toute réserve, il n'est peut-être déjà plus disponible, le fils d'un haut dignitaire cubain à Miami.

ANATOLE

Et en France ?

GABRIELLE *(examinant sa liste)*

En France… attendez, laissez-moi regarder… un, deux, trois… six !

ANATOLE

Je ne pourrais pas me passer de bon fromage. Je veux renaître en France.

BERTRAND

Quel manque de curiosité.

GABRIELLE *(notant)*

Et avec ça, monsieur Pichon, vous voulez quel genre de parents ?

ANATOLE

Ah parce qu'on peut aussi choisir ses parents ?

CAROLINE

Bien sûr. Nous avons tous choisi nos parents avant de naître. C'est pour cela qu'on ne peut pas vraiment leur en vouloir.

GABRIELLE

(rechaussant ses lunettes pour examiner sa liste)

Alors concernant les parents je peux vous proposer…

Elle sort la télécommande et fait apparaître un couple bien habillé qui se tient par la main avec un air fier et prétentieux.

GABRIELLE

Les Tourville. Une famille de Neuilly. Mère sans profession, liftée à quatre reprises. Père dans le monde médical, spécialisé en proctologie. Plutôt anticonformiste : votant à gauche. L'enfant qui naîtra est très attendu.

ANATOLE

Cela me semble bien.

BERTRAND

Attention. Des riches oisifs c'est… mou. C'est comme pour la literie, il vaut mieux un matelas bien dur pour se forger la colonne vertébrale.

CAROLINE

Il n'a pas tort.

Anatole marque son adhésion à l'idée de choisir des parents durs.

GABRIELLE

Si vous préférez être « tenu », nous avons une famille : les Pilarski. Père chômeur d'origine polonaise, ancien du textile, mère serveuse de restaurant, quatre frères, deux sœurs. Le père boit et frappe les enfants.

Apparition à l'écran d'un couple antipathique, le père hirsute, la mère la cigarette aux lèvres. Avec à côté des enfants qui semblent agressifs et sales.

ANATOLE

C'est pas très enthousiasmant.

BERTRAND

Il est plus facile de devenir un saint avec ce genre de parents. Comme dit Lao-tseu : « Plus t'en baves, plus tu as de mérite. »

GABRIELLE

Il n'a pas tort.

CAROLINE

Il a même carrément raison.

ANATOLE

(grimaçant, peu convaincu)

Un père alcoolique… et qui cogne ?

GABRIELLE

(lisant sa fiche pour avoir des précisions)

Adepte du ceinturon. De l'enfermement dans le placard. C'est un style d'éducation.

BERTRAND

La plupart des artistes ont fait ce choix. Charlie Chaplin avait par exemple une mère folle et alcoolique qui le battait.

Anatole marque un étonnement intéressé, ce qui encourage Bertrand à continuer.

BERTRAND

Bourvil avait un père qui lui tirait les cheveux… Lara Fabian était régulièrement bâillonnée…

ANATOLE

Je préférerais quelque chose de plus facile…

GABRIELLE

« Facile » ? J'ai ici une famille de commerçants, les Filippini. Le père est un passionné de rigolade. Il a toujours un coussin péteur, du poil à gratter, du fluide glacial… La mère est pas mal dans le genre aussi. Elle a un rire très communicatif. En fait elle rit de tout, et tout le temps.

On voit apparaître deux personnes en tenue de vacances au camping. Lui en chemise à fleurs hawaiienne, elle avec des bigoudis. Il a un chapeau ridicule sur la tête.

CAROLINE

Je vous les déconseille.

ANATOLE *(hésitant)*

C'est tentant.

GABRIELLE

Nous avons également un modèle peu courant… Une famille monoparentale. La mère, Sabine Cross, est mannequin, actrice. 90, 60, 90. Jambes assurées à la Lloyd's. Lèvres regonflées. Pommettes rehaussées. Et… et poitrine refaite à neuf.

Apparition à l'écran d'une fille en bikini sur une couverture de Playboy.

ANATOLE

Waw !

GABRIELLE

Peu de femmes seront aussi belles ! Vous allez faire des jaloux…

ANATOLE

Ça peut être sympa…

GABRIELLE

Le problème c'est qu'il n'y a pas de père. Le fœtus à naître est le fruit d'une rencontre improbable avec un amant de passage, dans l'obscurité d'un club échangiste.

ANATOLE

Ah ?…

GABRIELLE *(relisant sa fiche)*

Mmmh… Très portée sur le sexe, enfin… LES sexes.

Bertrand est amusé.

GABRIELLE

Après une période de dépression, consolée par une amie, elle a choisi de garder l'enfant…

ANATOLE *(inquiet)*

Je n'aurai donc qu'une mère ?

GABRIELLE

Non, deux. C'est récent, mais c'est une bascule définitive. Elle file désormais le parfait amour avec une certaine Cynthia Van Cuso.

ANATOLE

Vous êtes en train de me proposer un couple de lesbiennes ?

CAROLINE

Mais qui s'aiment. C'est tellement rare à notre époque.

ANATOLE

Ça remplace quand même pas un père !

CAROLINE

Ça ne le remplace pas mais ça développe une sensibilité particulière. Et puis deux mères canon, vous allez avoir beaucoup de copains.

ANATOLE

Je ne risque pas de me féminiser à l'excès ?

CAROLINE

Quand bien même. Ça ne vous gênera pas pour réussir votre parcours de vie. Léonard de Vinci, Michel-Ange et même Alexandre le Grand étaient…

ANATOLE *(hésitant)*

Et sinon, quoi d'autre ?

GABRIELLE *(lisant la liste imprimée)*

Les Malençon. Un couple charmant, vivant dans le Vaucluse. Ils vont avoir l'enfant de la dernière chance. Il est retraité de l'aviation civile, elle est ancienne hôtesse de l'air. Ils partagent une passion pour… le jardinage. Cet enfant va les ravir !

ANATOLE

Pas mal, ça.

Apparaissent à l'écran deux petits vieux en tenue de jardinage avec, derrière, un potager.

ANATOLE

Mais… ils sont TRÈS vieux !

BERTRAND

Très.

ANATOLE

Là j'aurai pas de copains. Tout le monde va se foutre de moi à l'école.

GABRIELLE

Sinon je peux vous proposer la famille Gonzalez. Ils sont tous les deux fonctionnaires. Vous aurez huit sœurs aînées. Trois chiens. Deux chats. Un perroquet. Des poissons rouges. Des plantes vertes.

BERTRAND

Bienvenue au zoo.

GABRIELLE

Ils regardent la télévision quatre heures par jour en moyenne. Ils ne se disputent jamais. Et bien sûr… ils veulent absolument un garçon !

Apparition d'un couple très sympathique entouré de filles et d'animaux de compagnie. Ils sont tous autour de la télévision qui est au centre de la photo.

ANATOLE

Pas mal.

BERTRAND

Mouais…

CAROLINE

Je vous le déconseille.

ANATOLE

OK, j'ai compris, je prends les alcooliques polonais. Va pour les Pilarski.

GABRIELLE

Très bon choix.

CAROLINE

Très courageux.

Gabrielle décroche le téléphone.

GABRIELLE

Allô, Juju ? Oui. *(Elle met sa main en protection devant sa bouche et murmure très fort.)* Tu ne devineras jamais. J'ai casé les Pilarski ! Bien sûr je lui ai dit qu'il serait battu par ce couple d'alcoolos… Oui, ça aussi il sait… oui… *(Elle regarde Anatole, pouffe, se retient puis murmure en lui tournant le dos.)* Il a même l'air content de son choix. Eh bien tu vois, je te l'avais dit que je les placerais !

Anatole fait une mine inquiète puis tousse pour rappeler sa présence.

GABRIELLE

(se reprenant puis plus doucement)

Allez à plus, Juju. *(Elle raccroche et se retourne vers Anatole.)* Excusez-moi. Passons à la suite. Venons-en à votre futur métier.

ANATOLE

Je peux le choisir ?

GABRIELLE

Mais naturellement. Avocat, médecin, instituteur, cuisinier, policier, ouvrier mécano, danseur, Premier ministre… ce que vous voulez.

ANATOLE

J'hésite.

GABRIELLE

Entre quoi et quoi ?

ANATOLE

Footballeur ou prêtre.

GABRIELLE

C'est pas exactement la même chose.

BERTRAND (*narquois*)

Remarquez que les deux ont leurs supporters.

CAROLINE

Je crois quand même qu'il vaut mieux fortifier vos points forts plutôt que de se disperser sur de nouveaux territoires certes tentants mais inconnus.

ANATOLE

OK, je serai... juge. Si j'ai bien compris, j'ai raté mon procès parce que j'aurais dû être acteur et je suis devenu juge, alors cette fois je souhaite être juge comme ça tout rentrera dans l'ordre.

CAROLINE

Logique imparable.

ANATOLE

Le fait de naître dans une famille pauvre va me permettre de côtoyer des drames humains. Ce sera utile pour développer mon sens de la justice.

GABRIELLE

Bien. Monsieur Pichon, il vous faut choisir maintenant vos atouts et vos handicaps. Jouer de la musique, être sportif, avoir du charisme, être bricoleur, savoir jongler.

BERTRAND

Faire bouger les oreilles, réussir les mayonnaises, avoir la main verte.

ANATOLE

J'ai toujours rêvé… de retenir les blagues. C'est un pouvoir, la blague. Ça fait rire les filles, tout le monde vous veut dans les soirées, à la fin du repas vous êtes toujours la vedette.

GABRIELLE

(surprise puis acceptant l'idée)

Si vous voulez. *(Elle note.)* C'est un petit avantage, vous pouvez donc en choisir un autre.

ANATOLE *(cherchant puis lâchant)*

Les cadeaux ! Je veux maîtriser l'art de savoir faire des cadeaux. Dans ma précédente vie je me plantais toujours.

GABRIELLE

C'est utile mais cela reste un atout de seconde catégorie. Cela ne vous dirait pas d'être riche ? Beau ? Célèbre ?

ANATOLE

On peut aussi choisir ça ?

GABRIELLE

Vous pouvez en choisir un. Mais vous savez, cela ne change pas grand-chose. Au point de vue karmique c'est neutre. C'est juste un peu plus « confortable ».

BERTRAND

Si je puis me permettre, avec l'argent vous achèterez tout le reste.

CAROLINE

Ah, ce que tu peux être mesquin, mon pauvre Bertrand.

BERTRAND

Pourquoi ? En quoi est-ce plus critiquable de vouloir être riche que de vouloir être beau ? À mon avis la beauté est une plus grande injustice que la richesse.

Bertrand fait signe à Anatole de choisir l'argent.

ANATOLE *(hésitant, gêné)*

OK Riche !

GABRIELLE

(notant sa réponse puis lisant la suite de sa liste)

Passons aux handicaps.

ANATOLE

Je veux bien être gaucher.

GABRIELLE

Non, des vrais handicaps.

ANATOLE

Somnambule ? Dyslexique ?

GABRIELLE

Dépressif, borgne, insomniaque, obèse.

ANATOLE

Vous y allez fort !

CAROLINE

L'empereur Octave bégayait. Barbe-Noire était borgne. Jules César était épileptique.

ANATOLE

L'épilepsie c'est dur. J'ai vu des crises, c'est terrible.

GABRIELLE

Colérique ? Comme Beethoven ?

ANATOLE

Dépravé, comme Mozart, c'est jouable ?

GABRIELLE

N'oubliez pas que vous devez réussir votre vie pour arriver ici et y rester. Or Mozart est revenu sur Terre.

ANATOLE

Ah ? Et il continue de faire de la musique ?

Gabrielle fouille dans ses fiches, prend un air surpris puis amusé, enfin se penche, complice.

GABRIELLE

Dans le métro parisien. Il a choisi un karma plus méritant ce coup-ci.

ANATOLE

Il est où ?

GABRIELLE

(se penchant encore plus)

Il joue de l'accordéon à la station Châtelet…

ANATOLE

Attendez, ne me dites pas que c'est le petit barbu qui est sur la ligne 1, celui qui s'accompagne avec une boîte à rythme ? Avec le petit ouistiti ?

BERTRAND

Personnellement, j'aime… moins.

GABRIELLE

On n'est pas au Paradis pour parler des people ! Alors que choisissez-vous comme handicap ?

ANATOLE

Ah ? Eh bien gaucher, épileptique… asthmatique… et *(air interrogatif pour savoir s'il doit encore charger la mule)* somnambule ? Si ça peut aider.

GABRIELLE *(notant)*

Excellent. Bien, passons à l'histoire d'amour. Vous souhaitez quoi comme grande rencontre sentimentale pour votre prochaine enveloppe charnelle ?

ANATOLE

Vous me conseillez quoi ?

GABRIELLE

« Lit dur » ou « lit mou » ?

BERTRAND

Prenez une bonne salope qui vous fasse souffrir. Cela vous donnera des points pour le Paradis.

CAROLINE

Il a le droit à une partenaire douce qui l'aime réellement. *(Se tournant vers Gabrielle.)* Elle est toujours en stock, la petite Suzanne dont on a parlé hier ?

GABRIELLE

(cherchant dans ses fiches puis regardant sa montre)

Sa naissance est imminente.

CAROLINE

Je crois que cela lui conviendrait parfaitement.

BERTRAND

Moi j'ai repéré une Sabrina qui m'a l'air d'être une parfaite coquine et devrait l'amuser beaucoup plus.

CAROLINE

L'âme de Sabrina a choisi de devenir une call-girl !

BERTRAND

L'âme de Suzanne a choisi de rester vierge…

CAROLINE

C'est beau.

BERTRAND

C'est nul.

CAROLINE

Et l'amour dans tout ça ?

BERTRAND

L'amour commence par la sexualité. S'il s'ennuie avec Suzanne, il ne sera pas amoureux.

CAROLINE

Quel mufle tu fais !

ANATOLE

Je crois que je vais prendre Suzanne. J'ai un travail sérieux à accomplir pendant cette vie.

CAROLINE

Et toc !

GABRIELLE

Donc Suzanne. Passons à l'épilogue. Votre futur prochain… décès.

ANATOLE

Ah bon, on doit aussi parler de ça dès maintenant ?

CAROLINE

Bien sûr. On écrit une sorte de scénario.

ANATOLE

Alors mon cancer du poumon…

CAROLINE

Vous l'aviez choisi par avance.

ANATOLE

Si c'est possible j'aimerais mourir… en bonne santé.

GABRIELLE *(relisant sa grille)*

C'est envisageable.

ANATOLE

Rapidement et sans douleur. De préférence dans un lit, durant le sommeil par exemple. En fait je voudrais ne même pas m'en apercevoir.

GABRIELLE

Je tiens quand même à vous rappeler que ce genre de mort ne vous rapportera pas beaucoup de points.

CAROLINE

Si vous voulez être sûr de cesser vos réincarnations, l'idéal serait de mourir en héros. Pourquoi pas asphyxié dans un incendie en sauvant un enfant ? Ça, ça rapporte des points !!

ANATOLE

Asphyxié ? Mais c'est horrible. Ça doit faire très mal.

CAROLINE

Un petit quart d'heure étouffant, certes, mais… au vu de votre dernier cancer du poumon et de ses trois années d'agonie, qu'est-ce qu'un petit quart d'heure à tousser ?

Anatole grimace.

BERTRAND

Vous pouvez aussi mourir de manière plus rapide : une balle bien placée lors d'une guerre. Mais évidemment ça rapporte moins que l'asphyxie. Ça c'est du sûr.

ANATOLE

OK, va pour le quart d'heure au milieu des flammes. Mais pas de brûlures, hein ? Juste les gaz…

GABRIELLE *(inscrivant)*

C'est noté. Au fait, vous préférez mourir jeune ou vieux ?

ANATOLE

Plutôt vieux.

CAROLINE

Pensez que pour entrer dans la maison en feu et sauver l'enfant, il va vous falloir un minimum de forme physique.

ANATOLE

80, ça va ?

GABRIELLE

Ce serait mieux 50. Et remarquez bien que cela vous laisserait le temps de faire ce que vous avez à faire tout en conservant encore une relative jeunesse.

ANATOLE *(à regret)*

70 ?

GABRIELLE

Vous exagérez. À 70 ans on ne se faufile pas entre les flammes d'un incendie.

ANATOLE

Hum… 60 ?

GABRIELLE

Encore un petit effort…

ANATOLE

Bon, va pour 50 ! Mais comment serai-je préparé à mourir ?

GABRIELLE

Je vous rappelle que ce que nous mettons en place là ce sont les 25 % de votre karma. Votre trajectoire la plus probable si vous restez à l'écoute de votre inconscient. Des signes vous rappelleront en permanence votre chemin de vie.

ANATOLE

Des signes ?

CAROLINE

Oui, des rêves, des prémonitions, des désirs inexpliqués, des intuitions…

GABRIELLE

Personne ne vous obligera à rien. Une fois redescendu vous serez seul, avec votre libre arbitre. Vous pourrez passer à côté de Suzanne sans même lui prêter un regard.

BERTRAND *(ricanant)*

Ce qui serait amusant c'est que cette fois vous décidiez avec votre libre arbitre d'être… acteur malgré votre talent inné de… juge !

Le téléphone se met à sonner. Gabrielle décroche.

GABRIELLE

Ah… ouais, Juju… Ah ?… Ah… OK, je lui dis.

Elle raccroche.

ANATOLE *(inquiet)*

Quoi ?

GABRIELLE

Il faut faire vite, la mère Pilarski va accoucher dans quelques minutes. Elle a déjà des contractions.

Elle se lève et prend Anatole par le bras, le guide vers le plongeoir. Elle allume l'écran et on voit une sorte de long tunnel rouge. Au fond, ça palpite. Bertrand règle le plongeoir.

GABRIELLE

Allez, Woytjek Pilarski, il est temps de renaître.

Scène 5

CAROLINE, ANATOLE, GABRIELLE, BERTRAND

Anatole hésite puis monte sur le plongeoir. Le couloir rouge palpite de lueurs et de mouvements.

ANATOLE

Heu… et si je veux vous contacter ?

CAROLINE *(complice)*

Prenez un chat, ça aide. Ils sont tous un peu connectés avec nous.

GABRIELLE

Anatole, j'espère que vous réussirez.

Anatole avance sur le plongeoir, il hésite puis fait demi-tour. À ce moment le téléphone sonne à nouveau. Gabrielle décroche.

GABRIELLE

Oui… oui… je sais… je sais… il arrive. T'inquiète. Il est sur le plongeoir. *(À Anatole.)* Vite, allez-y. Il paraît qu'en bas votre mère s'impatiente.

ANATOLE *(soudain s'arrêtant net)*

Et si je n'y allais pas ?

GABRIELLE

Le nouveau-né naîtra sans âme. Et nous on se fera engueuler par ceux du dessus.

ANATOLE

J'ai peur… de vivre.

GABRIELLE

Attendez, c'est quand même un corps de bébé somptueux que nous vous proposons. Des poumons nickel. Un cerveau disponible, prêt à se remplir d'informations fraîches. C'est du neuf ! C'est une première main.

Anatole avance au bout du plongeoir, se penche et regarde dans le vide en bas. Il se met en position de plongeur de piscine. Il a comme une hésitation.

BERTRAND

Allez ! Au revoir !

CAROLINE

À bientôt. Je serai à nouveau votre ange gardien dans cette nouvelle vie.

GABRIELLE

Bonne promenade sur Terre. Et n'oubliez pas vos choix karmiques.

Anatole se remet en position. Puis il se retourne, revient et redescend.

ANATOLE

Non !

Scène 6

CAROLINE, ANATOLE, GABRIELLE, BERTRAND

Les trois autres le fixent.

GABRIELLE

Quoi non ?!!!

ANATOLE

Non, je ne peux pas. Mon procès a été mal instruit. On ne m'a pas demandé ma version. Je réclame la révision. Je veux faire appel.

BERTRAND

« Appel » ? Mais ça n'existe pas dans notre juridiction !

ANATOLE

Parfait. Si ça n'existe pas, on n'a qu'à l'inventer.

BERTRAND

Il n'y a pas d'appel possible ici, Anatole. *Game over*. Vous recommencez tout à zéro.

Au-dessus il y a de plus en plus de mouvements dans le tunnel rouge avec la lumière au bout. Le téléphone sonne. Gabrielle décroche.

GABRIELLE *(affolée)*

Oui, Juju… bien sûr, Juju… désolée… Je lui dis… OK. *(Raccrochant puis se tournant vers Anatole, catastrophée.)* Mme Pilarski souffre. C'est pas bon de faire souffrir sa mère dès son arrivée. Plus tard, elle ne manquera pas de vous en vouloir pour ses douleurs. Allons, soyez raisonnable, il est temps d'y aller.

ANATOLE

NON ! Il y a un élément nouveau !

BERTRAND

Lequel ?

ANATOLE

On m'a condamné parce que j'ai choisi la justice plutôt que le théâtre, mais je peux me justifier.

Le téléphone sonne de nouveau. Gabrielle décroche.

GABRIELLE

Allô, Juju… oui, on a des problèmes ici… Non, non, il ne remet pas en question ses futurs parents… il remet en question son procès… Je t'en prie, fais durer… Oui, je sais qu'elle souffre. Nous aussi… Oui, je sais qu'elle hurle. Qu'est-ce que nous pouvons y faire ? Tu veux ma place ?

CAROLINE

Attendez, passez-la-moi. *(Prenant le téléphone.)* Allô… Oui, bonjour madame, je suis l'avocate. Nous avons un léger contretemps, faites-lui une péridurale… Quoi ? Sa religion le lui interdit ?… Mais pour quelle raison ?… Ève a croqué la pomme… et alors ? Les femmes doivent accoucher dans la souffrance… ! *(Air atterré.)* Mais quelle idiotie. Vous vous foutez de ma gueule ? Inspirez-lui une péridurale et rappelez-lui qu'elle est au XXIe siècle. *(Elle écoute et hoche la tête, puis se tourne vers les autres.)* Elle dit qu'elle va voir ce qu'elle peut faire… Continuons !

On voit au-dessus que tout se calme.

GABRIELLE *(compréhensive)*

Nous avons gagné quelques minutes, mais il ne faut plus tarder.

ANATOLE

Je vous ai écoutés et, si j'ai bien compris, au départ on a 25 % de karma, 25 % d'hérédité, 50 % de libre arbitre.

BERTRAND

Et avec son libre arbitre on décide de donner plus ou moins d'importance à chacun de ces trois éléments.

ANATOLE

Alors disons qu'en appel, je voudrais qu'on tienne compte de l'élément « 25 % d'hérédité ».

Gabrielle se tourne vers Bertrand puis vers Caroline, les interrogeant du regard. Tous deux acquiescent.

GABRIELLE *(à Anatole)*

Bon, faites vite.

ANATOLE

Mon père… a été assassiné.

GABRIELLE

(reprenant le dossier rangé)

Je ne vois pas ça dans votre dossier. *(Se tournant vers Caroline.)* Vous étiez au courant ?

Caroline a un air désolé.

ANATOLE

Une jeune fille a été sauvagement agressée par trois voyous dans un parking public en présence de plusieurs témoins. Aucun n'a bougé. Seul mon père s'est interposé. Il s'est fait poignarder et a agonisé en attendant vainement les secours. Les agresseurs ont été arrêtés. Ils étaient mineurs. Au tribunal ils ont ouvertement menacé les témoins. Le juge a progressivement abandonné toutes les charges. Finalement ils ont été relâchés sous les applaudissements de leur famille et de leurs voisins venus les soutenir. Ma mère ne s'en est jamais remise. J'ai alors décidé de devenir juge.

Silence.

CAROLINE

Évidemment…

On voit que le tunnel rouge est de plus en plus animé.

GABRIELLE

Évidemment…

ANATOLE

Je plaide les circonstances atténuantes. Je réclame un statut particulier… intermédiaire.

GABRIELLE

Quoi ?

ANATOLE

Je veux devenir juge… ici, au Paradis.

GABRIELLE

Vous voulez ma place ?

ANATOLE

Je pense avoir un talent qui vous manque.

GABRIELLE

Carrément !

ANATOLE

Si vous aviez entendu les horreurs que j'ai entendu raconter à la barre de mon tribunal ! Je connais mieux la noirceur de l'humanité que quiconque. Ici vous filtrez les meilleurs. En bas, j'essayais de mettre hors d'état de nuire les plus mauvais. J'en ai marre de me taper le sale boulot.

À ce moment dans le tunnel rouge on voit apparaître une lame de bistouri qui agrandit la lumière au fond du tunnel. Épisiotomie. Les autres se regardent alors que le téléphone sonne encore. Gabrielle décroche et raccroche.

GABRIELLE *(à Anatole)*

Vous ne voulez plus renaître ?

ANATOLE

Non.

GABRIELLE

Comment on va faire pour la famille Pilarski ?

ANATOLE

Prenez ma place.

Ils se défient du regard. Anatole a un sourire décidé. Le téléphone sonne. Gabrielle ne répond pas. La confrontation des regards s'accentue.

GABRIELLE

Parfait. C'est moi qui y vais.

CAROLINE

Vous !

GABRIELLE

J'en ai marre d'être ici et j'ai besoin d'une remise à niveau.

BERTRAND

Une juge du Paradis sur Terre ? C'est ridicule.

GABRIELLE

J'ai la nostalgie d'être dans la chair. Le cœur qui bat, la sueur, la salive, les cheveux qui poussent… le plaisir de manger, de… baiser. Courir, sentir le vent et la pluie sur mon visage, le soleil, être jeune et même vieillir, conduire, jouer en Bourse, faire du cheval…

CAROLINE

Et pour Anatole ?

GABRIELLE

En tant que juge céleste de ce tribunal pour encore quelques secondes, je décide en appel de réviser son procès. Il est libéré du devoir de renaître et il peut rester ici avec l'obligation de me remplacer.

Le téléphone sonne de nouveau. Gabrielle décroche.

GABRIELLE

Oui, Juju… je sais, je sais. OK… l'âme du fœtus arrive. *(Se tournant vers les autres, la main sur le micro.)* Un bras est sorti, ça urge vraiment maintenant.

Elle donne sa toge à Anatole, puis lui fait une accolade. Celui-ci hésite et il l'embrasse sur la joue. Enfin Gabrielle monte sur le plongeoir.

GABRIELLE

Souhaitez-moi bonne chance.

BERTRAND

Un conseil : si vous voulez comprendre l'époque, mettez-vous au plus vite à… la télévision.

ANATOLE

Lisez.

CAROLINE

Allez au théâtre.

GABRIELLE *(se remémorant)*

Ah, une dernière chose, j'ai promis à ma collègue Juju de fourguer au prochain client un couple à problème. Les Schmitt… ils sont un peu particuliers, mais quand je vois que j'ai réussi à caser les Pilarski… Allez, et comme on dit ici, « à la prochaine ».

Elle avance, fait un geste puis saute. Tous attendent et regardent l'écran où on voit une forme rose qui rampe dans le tunnel vers la lumière. Des rais de lumière passent au moment où la forme approche de l'issue.

ANATOLE

Marrant d'observer une naissance sous cet angle…

Le tunnel est refermé et on entend des cris de nouveau-né. Ils ressemblent au cri du début mais en plus aigu.

VOIX OFF DU NOUVEAU-NÉ

ARRRGHHHH…

Ils sont rassurés.

CAROLINE

Bienvenue sur terre, Woytjek.

Anatole enfile la toge et s'installe dans le fauteuil de juge au bureau du milieu.

ANATOLE

Bien. Quel est le prochain client ?

Caroline part à droite et revient avec un lit à baldaquin aux rideaux fermés. Elle décroche la feuille de description technique.

CAROLINE

Heu… Un médecin. Il a été foudroyé par un éclair lors d'une partie de golf… à Courchevel.

BERTRAND

Quelle idée de jouer au golf en montagne.

CAROLINE

Adjemian… Professeur Adjemian.

ANATOLE

Justement, je l'attendais celui-là…

Épilogue

La salle s'éteint. Vision de haut d'une salle d'opération assez semblable à celle de l'opération d'Anatole. Une femme est étendue. Un homme tient un bébé dans les mains. Le nouveau-né pleure.

VOIX OFF DU PÈRE

Alors c'est quoi ?

VOIX OFF DU CHIRURGIEN

Un beau garçon de 3,2 kg.

VOIX OFF DU PÈRE

Parfait, on en fera un plombier. Il y a toujours du travail pour les plombiers.

Les pleurs du bébé Woytjek redoublent.

VOIX OFF DU NOUVEAU-NÉ

Ouinnnn !!!

FIN

Bernard Werber
dans Le Livre de Poche

L'Arbre des possibles n° 30199

Vingt petites histoires sous forme de contes, de légendes, de mini-polars. Bernard Werber nous offre avec *L'Arbre des possibles* des récits fantastiques où les dieux vont à l'école pour apprendre à bien gouverner leurs troupeaux d'humains, où les objets sont soudainement remplacés par leurs noms, où les gens ont l'esprit limité pour ne compter que jusqu'à vingt, où l'on part en vacances au XVIIe siècle après s'être fait vacciner contre la peste. Les hypothèses scientifiques les plus extraordinaires sur la conscience des végétaux, les probabilités de futurs de l'humanité ou les voyages spatiaux côtoient les théories philosophiques les plus amusantes. Foisonnant d'idées poétiques, de décors grandioses, de personnages drôles et truculents, ce livre révèle un nouvel aspect de l'œuvre de l'auteur des *Fourmis* et de *L'Empire des anges*.

L'Empire des anges n° 15207

Que pensent les anges de nous ? Que peuvent-ils faire pour nous aider ? Qu'attendent-ils de l'humanité en général ? Lorsque Michael Pinson (stupidement tué dans un accident d'avion) a passé avec succès l'épreuve de la « pesée des âmes », il a accédé au royaume des anges. Mais passé le premier émerveillement, il découvre l'ampleur de la tâche. Le voilà chargé de trois mortels, qu'il devra désormais guider et aider tout au long de leur vie. Ses moyens d'action : les rêves, les signes, les médiums, les intuitions, les chats. Cependant, il est obligé de respecter le libre arbitre des hommes. Il s'aperçoit que ceux-ci essaient de réduire leur malheur au lieu de construire leur bonheur. Que faire pour leur montrer la voie ? Et puis comment s'occuper intelligemment au Paradis, un endroit bien sympathique mais sans cinéma, sans musique, sans restaurant ? Après *Les Thanatonautes*, Bernard Werber nous donne une fois de plus à réfléchir sur notre statut d'être humain, en mélangeant sagesse ancienne, philosophie moderne et humour. En suivant l'initiation d'un ange, on découvre une perspective étonnante à notre état de simple mortel.

1. *Les Fourmis* n° 9615

Le temps que vous lisiez ces lignes, sept cents millions de fourmis seront nées sur la planète. Sept cents millions d'individus dans une communauté estimée à un milliard de milliards, et qui a ses villes, sa hiérarchie, ses colonies, son langage, sa production industrielle, ses esclaves, ses mercenaires… Ses armes aussi. Terriblement destructrices. Lorsqu'il entre dans la cave de la maison léguée par un vieil oncle entomologiste, Jonathan Wells est loin de se douter qu'il va à leur rencontre. À sa suite, nous allons découvrir le monde fabuleusement riche, monstrueux et fascinant de ces « infra-terrestres », au fil d'un thriller unique en son genre, où le suspense et l'horreur reposent à chaque page sur les données scientifiques les plus rigoureuses. Voici pour la première fois un roman dont les héros sont des… fourmis.

2. *Le Jour des fourmis* n° 13724

Sommes-nous des dieux ? Sommes-nous des monstres ? Pour le savoir, une fourmi va partir à la découverte de notre monde et connaître mille aventures dans notre civilisation de géants. Parallèlement, un groupe de scientifiques humains va, au fil d'un thriller hallucinant, comprendre la richesse et la magie de la civilisation des fourmis, si proche et pourtant si peu connue. On est comme aspiré par ce roman qui se lit d'une traite. Sans s'en apercevoir, pris par le suspense et la poésie, on reçoit toute sorte d'informations étonnantes et pourtant vraies. *Le Jour des fourmis*, traduit en 22 langues, couronné du Grand Prix des lectrices de *Elle,* a été mis au programme de certaines classes de français, de philosophie et même de… mathématiques. Bien au-delà du thème des fourmis, il s'agit là d'un vrai livre initiatique qui nous oblige à réfléchir sur notre place dans l'univers.

3. *La Révolution des fourmis* n° 14445

Que peuvent nous envier les fourmis ? L'humour, l'amour, l'art. Que peuvent leur envier les hommes ? L'harmonie avec la nature, l'absence de peur, la communication absolue. Après des millénaires d'ignorancc, les deux civilisations les plus évoluées de la planète vont-elles enfin pouvoir se rencontrer et se comprendre ? Sans se connaître, Julie Pinson, une étudiante rebelle, et 103e, une fourmi exploratrice, vont essayer de faire la révolution dans leurs mondes respectifs pour le faire évoluer. *Les Fourmis* était le livre du contact. *Le Jour des fourmis* le livre de la confrontation. *La Révolution des fourmis* est le livre de la compréhension. Mais au-delà du thème des fourmis, c'est une révolution d'humains, une révolution non violente, une révolution faite de petites touches discrètes et d'idées nouvelles que nous propose Bernard Werber. À la fois roman d'aventures et livre initiatique, ce couronnement de l'épopée myrmécéenne nous convie à entrer dans un avenir qui n'est peut-être pas seulement de la science-fiction.

Le Livre du voyage n° 15018

Ah, enfin tu me prends dans tes mains ! Ah, enfin tu lis ma quatrième de couverture ! Tu ne peux pas savoir comme j'attendais cet instant. J'avais si peur que tu passes sans me voir. J'avais si peur que tu rates cette expérience que nous ne pouvons vivre qu'ensemble. Toi lecteur, humain, vivant. Et moi le livre, objet, inerte, mais qui peux te faire décoller pour le plus grand, le plus simple, le plus extraordinaire des voyages.

Le Livre secret des fourmis n° 15576

Nous vivons dans un monde merveilleux et nous ne le savons pas. Nous côtoyons tous les jours des univers parallèles fabuleux – parfois inquiétants – et nous refusons de les voir. Le plus parfait, le plus fascinant, le plus souterrain de tous, c'est le royaume des fourmis. Dans sa trilogie des *Fourmis*, Bernard Werber a dévoilé une partie de cette incroyable civilisation de l'infiniment petit, inspiratrice de l'*Encyclopédie du savoir relatif et absolu*, une œuvre unique où se mêlent physique et métaphysique, technologie et magie, mathématiques et mystique, épopées modernes et rites anciens. Découvrez, enfin reconstituée dans son intégralité originelle, l'encyclopédie qui révèle le secret de la pierre philosophale et celui du pain, les projets des tyrans les plus vils et les plus belles utopies, les rencontres des civilisations humaines et animales, le sens caché des fugues de Bach et la naissance de l'esclavage chez les rats. Illustré par Guillaume Aretos, peintre et graphiste aux techniques héritées de la Renaissance, *Le Livre secret des fourmis* est un véritable grimoire moderne, la clé de toutes les techniques du XXIe siècle.

Le Miroir de Cassandre n° 32240

Et vous, que feriez-vous si vous pouviez voir le futur et que personne ne vous croie ? Dans ce conte philosophique et futuriste, l'auteur de la trilogie des *Fourmis* rend hommage aux visionnaires. Ce roman est une initiation chamanique. Au lecteur de se laisser ensorceler.

Nos amis les humains n° 30351

Les humains sont-ils intelligents ? Sont-ils dangereux ? Sont-ils comestibles ? Sont-ils digestes ? Peut-on en faire l'élevage ? Peut-on les apprivoiser ? Peut-on discuter avec eux comme avec des égaux ? Telles sont les questions que peuvent se poser les extraterrestres à notre égard. Pour en avoir le cœur net, ils kidnappent deux Terriens, un mâle et une femelle, Raoul et Samantha. Ils les installent, pour les étudier tranquillement, dans une cage à humains. Une « humainière ». Ils espèrent ainsi assister à une reproduction en captivité. Le problème, c'est que Raoul est un scientifique misanthrope et Samantha une dompteuse de tigres romantique. Pas simple dans ce cas pour nos deux cobayes de se comprendre et, *a fortiori*, de s'aimer. Avec cet ouvrage, rédigé comme un huis clos philosophique, Bernard Werber nous présente une nouvelle facette de son art. Une fois de plus, il nous propose de prendre du recul, d'avoir une perspective différente pour comprendre l'humanité « autrement ».

NOUS LES DIEUX

1. *Nous, les dieux* n° 30582

Quelque part, loin, très loin se trouve une île que ses habitants appellent Aeden. Là, perchée sur un haut plateau, une ville : Olympie. Dans son cœur, une étrange institution, l'école des Dieux, et ses professeurs : les douze dieux de la mythologie grecque, chargés d'enseigner l'art de gérer les foules d'humains pour leur donner l'envie de survivre, de bâtir des cités, de faire la guerre, d'inventer des religions ou d'élever le niveau de leur conscience. La nouvelle promotion ? Cent quarante-quatre élèves dieux qui vont devoir s'affronter à travers leurs peuples, leurs prophètes, chacun avec son style de divinité. Mais la vie sur Aeden n'est pas le paradis. Un élève essaie de tuer ses congénères, un autre est tombé fou amoureux du plus séduisant des professeurs, Aphrodite, déesse de l'amour, et tous se demandent quelle est cette lumière là-haut sur la montagne qui semble les surveiller…

2. *Le Souffle des dieux* n° 30812

Et vous, à la place de Dieu, comment referiez-vous l'Histoire ?

3. *Le Mystère des dieux* n° 31314

Après avoir rencontré Zeus au sommet de la montagne d'Aeden, Michael Pinson retrouve sa classe d'élèves dieux pour la partie finale. Ayant échoué à cet examen, il commet l'irréparable : tuer un autre élève dieu. Condamné, il va connaître les affres d'une vie mortelle avec les perspectives qu'offre le savoir divin. Cependant, sur la Terre 18, il rencontre le grand amour et s'aperçoit que même mortel, on peut changer les choses. Il ne pourra cependant pas aller jusqu'au bout de cette expérience nouvelle car une mission de la plus haute importance lui est confiée : participer à la grande odyssée vers le sommet de la deuxième montagne, jusqu'au Créateur, pour connaître enfin le Grand Secret de l'Univers.

Nouvelle encyclopédie du savoir relatif et absolu n° 32324

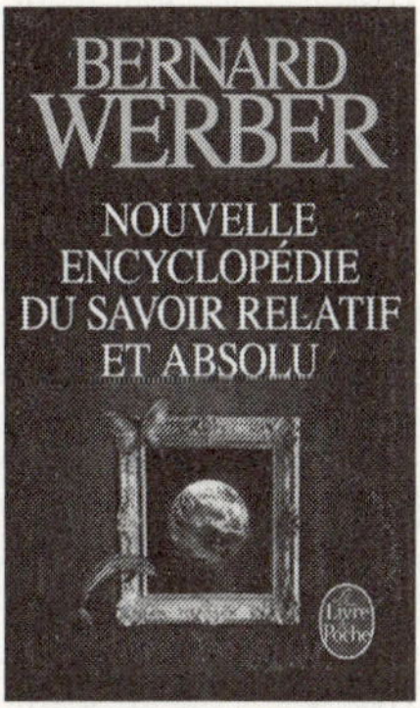

Comment créer un Univers ? Réussir une mayonnaise ? Comment rêvent les Dauphins ? D'où viennent les Légendes ? Les signes du Zodiaque ? Quel lien entre Spiritualité et Astrophysique ? Tarots et Alchimie ? Que représente réellement la forme des Chiffres que nous utilisons ? Que sont le Paradoxe de la Reine Rouge, la civilisation d'Harappa, les Mystères d'Éleusis ? Qui étaient réellement Archimède, Néron, Conan Doyle, Pythagore, la Papesse Jeanne ?... Pour les fans de Bernard Werber et du professeur Edmond Wells, une version très enrichie de son *Encyclopédie* qui répond à toutes les questions étranges que vous ne vous êtes peut-être jamais posées !

Le Papillon des étoiles n° 31025

Le plus beau des rêves : bâtir ailleurs une nouvelle humanité qui ne fasse plus les mêmes erreurs. Le plus beau des projets : construire un vaisseau spatial de 32 km de long propulsé par la lumière et capable de faire voyager cette humanité pendant plus de 1 000 ans dans les étoiles. La plus folle des ambitions : réunir des pionniers idéalistes qui arrivent enfin à vivre ensemble en harmonie. Et au final la plus grande des surprises…

Paradis sur mesure n° 31845

Futurs possibles, passés probables… *Imaginez.* Un monde uniquement peuplé de femmes, où les hommes ne sont plus qu'une légende… *Imaginez.* Un monde où il est interdit de se souvenir du passé, où les gens n'ont qu'un seul intérêt : le cinéma… *Imaginez* un humoriste qui partirait à la recherche du lieu où naissent les blagues anonymes… *17 histoires* sous forme de contes, légendes ou fables. *17 histoires* fantastiques pour frémir, rêver ou sourire.

Le Père de nos pères n° 14847

D'où venons-nous ? Après l'infiniment petit (trilogie des *Fourmis*), après le mystère de la mort (*Les Thanatonautes*), Bernard Werber s'intéresse à une nouvelle frontière de notre savoir : les origines de l'humanité. Pourquoi y a-t-il des hommes sur Terre ? Pourquoi sont-ils intelligents ? Pourquoi sont-ils conscients ? Nous nous retrouvons ainsi plongés il y a 3 millions d'années dans la savane africaine à suivre au jour le jour les aventures du premier humain, le fameux chaînon manquant, Adam, le Père de nos pères. En parallèle, de nos jours, tous ceux qui ont découvert la véritable nature de cet être primordial ont de sérieux problèmes. Quel est ce secret que personne ne veut voir en face ? Lucrèce Nemrod, reporter aussi tenace qu'espiègle, accompagnée de son complice Isidore Katzenberg, ancien journaliste scientifique désabusé, se lance intrépidement dans l'enquête. De Paris à la Tanzanie commence une course-poursuite haletante où l'on rencontre un club de savants passionnés, une charcuterie industrielle, une star du X et quelques primates qui se posent de drôles de questions. Suspense, humour, science, aventure… la révélation qui nous attend au terme de ce thriller paléontologique pourrait bien changer notre vision du monde.

Le Rire du Cyclope n° 32595

Un coffret renferme l'arme absolue. La plus inattendue, la plus imparable. Le célèbre comique, le Cyclope, est mort d'avoir voulu le posséder. On ne l'ouvre qu'à ses risques et périls…

Les Thanatonautes n° 13922

L'homme a tout exploré : le monde de l'espace, le monde sous-marin, le monde souterrain ; pourtant il lui manque la connaissance d'un monde : le continent des morts. Voilà la prochaine frontière. Michael Pinson et son ami Raoul Razorbak, deux jeunes chercheurs sans complexes, veulent relever ce défi et, utilisant les techniques de médecine mais aussi d'astronautique les plus modernes, partent à la découverte du paradis. Leur dénomination ? Les thanatonautes. Du grec *Thanatos* (divinité de la mort) et *nautès* (navigateur). Leur guide ? Le Livre des morts tibétain, le Livre des morts égyptien mais aussi les grandes mythologies et les textes sacrés de pratiquement toutes les religions qui semblent depuis toujours avoir su ce qu'étaient le dernier voyage et le « véritable » paradis. Peu à peu les thanatonautes dressent la carte géographique de ce monde inconnu et en découvrent les décors immenses et mirifiques. Le mot *terra incognita* recule en même temps que, jour après jour, on apprend ce qui nous arrive après avoir lâché notre dernier soupir.

Troisième humanité n° 33355

Nous sommes à l'ère de la deuxième humanité. Il y en a eu une avant. Il y en aura une… après.

L'Ultime Secret n° 15398

Qu'est-ce qui nous motive ? « C'est au cœur de notre cerveau qu'il faut chercher la source de tous nos comportements », estime Samuel Fincher, un brillant neurologue cannois. Le problème, c'est que Samuel Fincher meurt d'extase amoureuse dans les bras d'une top-model danoise, le soir même de sa victoire au championnat du monde d'échecs. Samuel Fincher avait-il trouvé au fin fond de nos crânes un secret qui devait rester caché ? Peut-on mourir de plaisir ? Deux journalistes scientifiques parisiens, Lucrèce Nemrod et Isidore Katzenberg, veulent en savoir plus sur cet étrange décès. C'est donc sur la Côte d'Azur qu'ils vont mener l'enquête, de la morgue de Cannes à un étrange asile psychiatrique où les fous sont utilisés pour leurs talents particuliers. Ils vont aller de surprise en surprise jusqu'à l'extraordinaire dénouement basé sur une découverte scientifique peu connue mais réelle. C'est cette fois sur les mécanismes de l'esprit et la compréhension du fonctionnement de notre cerveau que nous invite à réfléchir ce nouveau roman de Bernard Werber, mêlant suspense, humour, science et aventures.

Du même auteur
aux Éditions Albin Michel :

CYCLE DES FOURMIS

Les Fourmis, 1991
Le Jour des fourmis, 1992
La Révolution des fourmis, 1996

CYCLE AVENTURIERS DE LA SCIENCE

Le Père de nos pères,1998
L'Ultime Secret, 2001
Le Rire du Cyclope, 2010

Pentalogie du ciel :

CYCLE DES ANGES

Les Thanatonautes, 1994
L'Empire des anges, 2000

CYCLE DES DIEUX

Nous, les dieux, 2004
Le Souffle des dieux, 2005
Le Mystère des dieux, 2007

Troisième humanité

TROISIÈME HUMANITÉ, 2012
LES MICRO-HUMAINS, 2013
LA VOIX DE LA TERRE, 2014

Nouvelles

L'ARBRE DES POSSIBLES, 2002
PARADIS SUR MESURE, 2008

Autres livres

LE LIVRE DU VOYAGE, 1997
L'ENCYCLOPÉDIE DU SAVOIR RELATIF ET ABSOLU, 2000
NOS AMIS LES HUMAINS (théâtre), 2003
LE PAPILLON DES ÉTOILES, 2006
LE MIROIR DE CASSANDRE, 2009
NOUVELLE ENCYCLOPÉDIE DU SAVOIR RELATIF ET ABSOLU, 2009

Sites Internet : www.bernardwerber.com
www.esraonline.com
www.arbredespossibles.com

PAPIER À BASE DE FIBRES CERTIFIÉES

Le Livre de Poche s'engage pour l'environnement en réduisant l'empreinte carbone de ses livres. Celle de cet exemplaire est de :
250 g éq. CO_2
Rendez-vous sur www.livredepoche-durable.fr

Composition réalisée par NORD COMPO

Achevé d'imprimer en avril 2015 en France par
CPI BRODARD ET TAUPIN
La Flèche (Sarthe)
N° d'impression : 3010798
Dépôt légal 1re publication : mai 2015
LIBRAIRIE GÉNÉRALE FRANÇAISE
31, rue de Fleurus – 75278 Paris Cedex 06

58/1125/5